ACCIDENTELLEMENT fabuleuse

La collection Rose bonbon...
des livres pleins de couleur, juste pour toi!

Lisa Papademetriou

Texte français de Claude Cossette

À Catherine Daly,
la fille la plus fabuleuse
que je connaisse

Catalogage avant publication de Bibliothèque et Archives Canada

Papademetriou, Lisa
Accidentellement fabuleuse / Lisa Papademetriou ;
texte français de Claude Cossette.

(Rose bonbon)
Traduction de: Accidentally fabulous.
Niveau d'intérêt selon l'âge: Pour les 9-12 ans.

ISBN 978-0-545-98121-7

I. Cossette, Claude II. Titre.
III. Collection: Rose bonbon (Toronto, Ont.)

PZ23.P3563Ac 2009   j813'.54   C2009-901379-7

Édition publiée par les Éditions Scholastic,
604, rue King Ouest, Toronto (Ontario) M5V 1E1.

5 4 3 2 1   Imprimé au Canada   09 10 11 12 13

PROTÉGEONS
NOS FORÊTS

43
arbres de nos forêts
ont été sauvés.

Préservons notre environnement

Scholastic a choisi d'imprimer les pages de cet livre sur du papier recyclé et a
réduit sa consommation de ressources[1] et sa pollution[1] dans les mesures suivantes :

énergie	eau	gaz à effet de serre	déchets solides
30 millions de BTU	59 985 litres	1 711 kg	910 kg

Imprimé par **Webcom Inc.** sur du papier
Legacy Book Opaque 100% à contenu postconsommation de 100 %.

FSC

Sources Mixtes
Groupe de produits issu de forêts
bien gérées, de sources contrôlées
et de bois ou fibres recyclés.

Cert no. SW-COC-002358
www.fsc.org
© 1996 Forest Stewardship Council

[1] L'estimation des effets sur l'environnement a été faite au moyen du calculateur «Environmental Defense Paper Calculator».

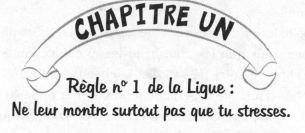

CHAPITRE UN

Règle n° 1 de la Ligue :
Ne leur montre surtout pas que tu stresses.

— Tu appelles ça comment, cette tenue? demande Thomas, mon frère aîné. Il me regarde et sourit d'un air narquois en prenant un bâtonnet de carotte sur un plateau d'argent.

— Jacinthe-Genêt-fait-serveuse-chic? suggère-t-il.

— Et toi, tu l'appelles comment, ton style? dis-je, le doigt pointé vers sa poitrine. Je-n'ai-qu'une-seule-cravate?

Thomas jette un coup d'œil sur sa cravate ornée de poissons fluo à la bouche en cœur et fait la grimace.

— C'est ma seule cravate et papa m'a obligé à la porter.

D'un mouvement de tête, il chasse la mèche de cheveux bruns qui lui cache les yeux, mais elle retombe aussitôt. Je suis surprise qu'il ne passe pas ses journées à se cogner contre les murs.

— Tu aurais pu lui en emprunter une, non?

— Papa n'a que des cravates *rayées*, rétorque Thomas, et moi, je n'ai que des chemises rayées. Je ne voulais pas

1

trop détonner dans une réception chic.

Il croque sa carotte avant d'ajouter :

— En plus, j'ai une excuse, tandis que toi, tu as choisi ta tenue.

Je baisse les yeux vers mes vêtements. En réalité, j'ai fait bien plus que les choisir; je les ai confectionnés. J'ai cousu la jupe noire de satin, et la chemise smoking, je l'ai dénichée dans une friperie de mon quartier appelée *Fripes alors!* J'ai coupé les manches et ajusté la taille afin qu'elle rentre dans la large bande de la jupe. Et j'ai trouvé un sac noir extraordinaire à motifs floraux pour aller avec. Il est surdimensionné et doté d'une bandoulière qui me permet de le porter sur l'épaule – il est parfait pour transporter tout mon bric-à-brac.

— Est-ce que j'ai vraiment l'air d'une serveuse?

J'aurais soudain préféré ne pas avoir déployé autant de créativité pour m'habiller à l'occasion des fiançailles d'oncle Steve.

Thomas hausse les épaules et attrape un bouquet de brocoli.

— Pas vraiment, admet-il, j'aime te torturer, c'est tout. Tu veux quelque chose? Je vais me chercher une boisson fruitée.

— Ça va, merci.

Je le regarde se fondre dans la foule grouillante qui a envahi la salle de bal. Thomas ne blaguait pas, il s'agit réellement d'une réception chic. Maman m'avait prévenue que la fiancée d'oncle Steve était très à la mode et qu'elle possédait même une des boutiques les plus branchées de la ville : *Style*. Malgré cela, je ne m'attendais pas à une telle soirée, sur le thème des Mille et une nuits et tout le tralala – candélabres géants en cuivre, luxueux tissu rouge drapant les murs et même une danseuse du ventre dans un costume violet avec des chaînes en or autour de la taille. Il y a belle lurette que j'ai perdu mes parents de vue; ils ont disparu dans l'élégant tourbillon des invités, ce qui est tout à fait incroyable étant donné que mes parents ne sont pas exactement monsieur et madame Élégance. En fait, je n'avais pas vu ma mère en jupe depuis Pâques, il y a trois ans. Quant à mon père, être à la mode se résume pour lui à porter un gilet.

— Comment va ma Jacinthe préférée? s'exclame une voix derrière moi.

— Oncle Steve!

Il est accompagné d'une fille très jolie, d'environ mon âge, dont les cheveux blonds lustrés lui descendent en bas des épaules. Elle porte une splendide robe turquoise ornée de pierres brillantes à l'encolure et à l'ourlet. Oncle Steve a mis un smoking et une cravate blanche. J'ai toujours trouvé qu'il ressemblait un peu à Frosty le bonhomme de neige – il est corpulent, a le visage rond et le crâne chauve et luisant. De plus, il est presque toujours gai et souriant, comme en ce moment.

— Voici une personne que tu devrais rencontrer! dit-il.

— Shanel?

Je pose la question mais je suis presque certaine qu'il s'agit de la fille qui apparaissait sur la photo qu'oncle Steve m'a montrée il y a deux ou trois semaines. La seule différence, c'est que la fille sur la photo souriait, d'un franc et lumineux sourire. Elle était avec sa mère sur une plage et toutes les deux avaient la bouche fendue jusqu'aux oreilles sous leur chapeau de paille.

Mais la fille qui se tient devant moi ne sourit pas. Elle se balance d'un pied sur l'autre, l'air mal à l'aise.

— Salut! dit-elle.

— À l'automne, vous irez toutes les deux à la même école, déclare oncle Steve. Shanel, j'ai parlé de toi à Jacinthe. C'est comme si elle te connaissait déjà!

— J'avais hâte de te rencontrer, dis-je à Shanel, ce qui est la pure vérité. J'entre en première année à l'académie Argenteuil et je ne connais personne là-bas. J'ai passé six années à l'école primaire Langelier. J'étais dans un programme spécialisé et j'ai adoré. Lorsque mon père a obtenu un poste d'enseignant pour l'été à Argenteuil, il a réussi à me faire passer une entrevue avec le directeur des admissions. (L'académie Argenteuil est une école privée, probablement la meilleure de la province.) Quand j'ai vu les laboratoires de science haute technologie, le gigantesque auditorium, le super théâtre, les parterres tout verts, la salle de visionnement des documentaires, les ordinateurs portables pour chaque étudiant, et la bibliothèque – hyper grande – eh bien, quand j'ai vu tout ça, je suis instantanément tombée en extase. Je savais qu'il fallait que j'y aille. Mais je ne pensais pas que ce serait possible. Argenteuil est l'école la plus spéciale de la ville... et la plus chère. C'est alors que les gens de l'admission m'ont offert une bourse complète.

4

Tout est bien qui finit bien! dis-je pour conclure.

Je demande à Shanel :

— As-tu hâte que l'école recommence? J'aime beaucoup l'été, mais je n'ai jamais de problème à retourner en classe.

Shanel me sourit d'un air distrait.

— Je pourrais attendre, admet-elle.

— Oncle Steve dit que tu es aussi en première secondaire.

Shanel penche la tête de côté.

— Alors, est-ce que nous serons... des cousines? demande-t-elle.

Je me mets à rire :

— Oncle Steve n'est pas réellement mon oncle. Mon père et lui sont de très bons amis, pas des frères.

Un serveur vêtu d'une chemise blanche et d'un pantalon noir s'arrête devant Shanel et lui présente un plateau d'argent rempli de minuscules beignets de crabe.

— Merci, dis-je en en saisissant un.

Shanel secoue la tête en direction du serveur tandis que je laisse tomber dans ma bouche le hors-d'œuvre chaud et épicé.

— Tu n'en veux pas? Ils sont délicieux.

Elle esquisse un sourire :

— Je suis trop nerveuse.

— Pourquoi? dis-je en remettant mon sac sur mon épaule.

Shanel me regarde en levant ses sourcils très fins.

— Tu es déjà allée aux fiançailles de ta propre mère?

demande-t-elle.

Je fais la grimace :

— Ah... en effet.

Shanel soupire et parcourt la foule des yeux.

— Mon père est ici aussi, avec sa nouvelle petite amie, ajoute-t-elle. Tout ça est tellement bizarre.

Elle secoue la tête et une mèche de cheveux blonds et soyeux glisse derrière son épaule.

— Mais c'est tout de même une bonne chose que tes parents s'entendent toujours, fais-je remarquer. J'ai une amie dont les parents ne se parlent plus depuis dix ans.

— Ouais, marmonne Shanel en m'adressant un sourire plutôt triste. J'imagine.

Un silence amical s'installe entre nous tandis que les musiciens commencent à jouer – pas très *Mille et une nuits* comme musique, il faut bien le dire. Mais j'imagine que la danse du ventre, ce n'est pas pour tout le monde. Je propose :

— Hé, tu veux aller faire un tour sur la terrasse? Il fait un peu chaud ici.

— Ouais, et on dirait bien que le groupe de musique joue des chansons des années 80.

Shanel lève les yeux au ciel et poursuit :

— Ce qui veut dire que ma mère va bientôt se mettre à danser.

Je fais un grand sourire :

— La mienne aussi. Filons tant que c'est possible!

Elle me lance un sourire reconnaissant et me suis en direction des portes françaises qui s'ouvrent sur un patio en briques à la végétation luxuriante. De jolies plantes tropicales y côtoient des bougainvilliers roses qui tombent des murs en cascade. Des lanternes éclairées par des bougies sont alignées le long d'une jardinière qui encercle l'espace. On y a disposé des tables de bistrot et des chaises pour les gens qui désirent plus de tranquillité pour converser. L'endroit est désert.

Deux marches mènent au patio. Il est un peu difficile de les voir et j'allais justement dire à Shanel de faire attention quand elle laisse échapper un petit cri et me bouscule. J'entends un petit déchirement tandis que les yeux noisette de Shanel s'écarquillent. Elle a soudain l'air horrifié.

— Que s'est-il passé?

— Mon talon, dit-elle en tâtonnant l'ourlet de sa robe, il s'est coincé.

Une partie de l'ourlet s'est bel et bien déchirée et le bas de sa robe est maintenant effiloché. Je m'empresse de la rassurer, car elle est sur le point de fondre en larmes.

— Ne t'en fais pas, dis-je.

Shanel secoue la tête :

— Ma mère va *paniquer.*

— Non, tu vas voir.

Je pose mon énorme sac à main sur la table de bistrot et commence à fouiller dedans tandis que Shanel retire sa mule turquoise et l'examine, le sourcil froncé.

— Au moins, le talon n'est pas brisé, constate-t-elle.

Puis elle remarque mon énorme sac :

— Qu'est-ce que tu transportes là-dedans?

— De tout, dis-je en haussant les épaules.

Elle regarde mon sac d'un œil dubitatif :

— Une trousse de couture?

— Presque, dis-je en sortant une mini agrafeuse.

— Attends, fait Shanel qui lève la main comme pour me repousser. Que vas-tu...

— Fais-moi confiance, j'ai fait ça un million de fois.

Et avant qu'elle ait le temps de dire non, je relève le rebord déchiré de sa robe, le replie à l'intérieur avec soin et l'agrafe deux fois.

— Tu vois, dis-je en laissant retomber l'ourlet. Le problème est réglé.

Shanel cligne des yeux, puis soulève l'ourlet pour l'examiner de plus près.

— On ne voit même pas les agrafes, observe-t-elle.

— La partie longue est à l'intérieur, fais-je remarquer.

En effet, les quatre petits bouts argentés sont presque invisibles dans les pierres brillantes de l'ourlet.

Shanel me fait un sourire, un véritable sourire qui illumine son visage. Elle a exactement le même air que sur la photo d'oncle Steve.

— Tu m'as sauvé la vie, lance-t-elle en me serrant presque dans ses bras. Je n'arrive pas à croire que tu as agrafé ma jupe... je n'y aurais jamais pensé!

— Ce n'est rien, dis-je en rougissant un peu.

Mais je suis tout de même contente d'avoir rendu Shanel si heureuse. *Je viens de me faire ma première amie à l'académie Argenteuil.*

— Shanel!

Une fille aux longs cheveux noirs brillants et aux

pommettes les plus saillantes que j'aie jamais vues fait son apparition. Elle porte une robe bleu foncé et un collier dont le pendentif est en saphirs et en diamants. Elle sourit, mais son sourire ne l'embellit pas. D'une main, elle tient une assiette contenant une seule carotte et de l'autre, un verre à moitié vide.

— Je te cherchais partout, dit-elle.

— Oh, salut Fiona.

Shanel remet sa mule à son pied droit.

— Quand j'ai entendu le groupe de musique, je me suis dit que tu t'éclipserais peut-être par la porte de derrière, lance Fiona d'un air moqueur.

Elle vide son verre, le dépose sur l'assiette et pousse le tout dans ma direction en me jetant à peine un coup d'œil.

— M'apporterais-tu une autre boisson fruitée? demande-t-elle.

— Fiona, je te présente Jacinthe, dit Shanel en me jetant un regard furtif.

Elle prend l'assiette et la pose sur la table la plus près.

— C'est la fille du meilleur ami de Steve, l'informe-t-elle.

— Quoi? s'exclame Fiona en écarquillant ses yeux bleus. Mon Dieu, je suis désolée!

Un léger sourire narquois vient tordre sa bouche.

— C'est que tu as l'air d'une serveuse habillée comme ça, ajoute-t-elle en battant des paupières d'un air innocent.

— Je trouve ça super, ce que porte Jacinthe, s'empresse de dire Shanel. J'aime beaucoup la jupe.

— Je l'ai confectionnée, fais-je observer.

— Oh, c'est toi qui l'as faite, s'extasie Fiona, comme si elle s'adressait à un enfant de trois ans. C'est tellement mignon! Tu peux être sûre que personne n'aura vu cette tenue dans un magazine et que personne ne portera la même chose que toi, à part les serveurs.

Elle émet un petit rire.

C'est juste une blague, me dis-je, *ne l'étrangle pas.*

Shanel sourit sans conviction en secouant la tête.

— Fiona, Jacinthe ira à l'académie Argenteuil cette année.

— Vraiment? laisse tomber Fiona.

Elle croise les bras pour m'examiner de la tête aux pieds, puis conclut :

— Ce sera tellement intéressant pour *toi*.

Puis, elle enfonce ses ongles impeccables dans le bras de Shanel.

— Bon! Viens Shanel! Allons voir si ce groupe de musiciens peut nous jouer quelque chose de ce millénaire!

Sur ce, elle tire Shanel vers les portes françaises, puis elles disparaissent dans l'effervescence de la fête.

J'hésite un instant, me demandant si je devrais les suivre. Je ne crois pas que Shanel serait contrariée, mais pour ce qui est de Fiona, c'est une autre histoire...

— Enfin, je t'ai trouvée.

Une assiette à la main, Thomas descend d'un pas sautillant les marches menant au patio.

— D'accord, j'ai compris, dis-je d'un ton brusque, tu me l'as déjà dit, j'ai l'air d'une serveuse!

Thomas fronce les sourcils.

— Qu'est-ce que tu as? Je pensais que tu aimerais peut-être avoir un muffin au maïs, dit-il. Les crevettes aussi sont délicieuses, mais si tu n'en veux pas...

Je fais une grimace.

— Oui, j'en veux. Merci, dis-je en prenant un mini muffin dans son assiette.

— Alors, enchaîne Thomas en se tournant pour regarder la foule. Que penses-tu de la réception?

— Je ne sais pas.

Je repère Shanel et Fiona sur le bord de la scène. Fiona semble être en train de donner des ordres au chanteur principal du groupe. Il hoche la tête avec frénésie comme s'il essayait de mémoriser chaque mot qui sort de sa bouche. Puis j'ajoute :

— Je crois que je n'en ai pas encore une idée très claire.

— Oh mon Dieu, Mathieu adooore ce groupe! s'écrie Élise en brandissant la pochette orangée d'un CD. En grosses lettres s'étale le titre : MECANO TEMPO. On distingue la photo d'un homme en costume noir qui a une pomme d'un vert intense là où devrait se trouver sa tête. J'adore la conception graphique de leurs pochettes de CD; ça n'a jamais aucun sens. Tu crois que je devrais le lui offrir? demande-t-elle.

Les nombreux bracelets en argent qu'elle porte au poignet cliquettent tandis qu'elle coince quelques tresses derrière son oreille.

Je lui demande s'il l'a déjà.

Élise est une de mes meilleures amies, mais depuis qu'elle a commencé à sortir avec Mathieu Mantha, à la fin de l'année dernière, elle n'a que lui en tête.

— Je ne sais pas, dit Élise en pinçant les lèvres. Il a peut-être quelques chansons sur son iPod. Penses-tu que je devrais lui téléphoner pour lui demander?

Mes doigts continuent à faire défiler les minces boîtiers en plastique alignés devant moi.

— Il pourra toujours le retourner au magasin.

— Jacinthe, tu es brillante! s'exclame Élise.

Elle regarde un CD en souriant et ses yeux verts pétillent. Elle le retourne et commence à lire les titres des chansons au verso.

— Est-ce que c'est son anniversaire ou quelque chose comme ça? fais-je.

— Non, me répond-elle, pourquoi?

— Alors pourquoi lui fais-tu un cadeau?

Élise laisse échapper un grand soupir et lève les yeux au ciel. Elle fait ça souvent ces derniers temps et je dois avouer que c'est plutôt désagréable.

— Je lui achète ce CD simplement pour lui montrer que je *pense* à lui, m'explique-t-elle, comme s'il n'y avait rien de plus évident au monde. Quand tu auras un copain, tu comprendras.

Grr. Élise m'a déjà fait cette remarque plus d'une fois. Un autre symptôme de la maladie mentale (appelée Mathieu Mantha) qui a commencé à lui gruger le cerveau.

Je reviens au présentoir de disques et... bingo! Le CD que je voulais est juste sous mes doigts. C'est un disque

12

d'importation que je cherche depuis trois semaines. Personne ne l'a sauf, bien entendu, *Le Tourne-disque*, ma boutique préférée. Il s'agit d'un commerce sans aucun attrait situé dans un centre commercial juste à côté de mon quartier. Ça doit bien faire mille ans qu'il s'y trouve; on y vend encore des disques vinyles et les murs sont tapissés d'anciennes affiches de concerts auxquels le propriétaire a réellement assisté. Les présentoirs débordent de CD de groupes difficiles à trouver et les haut-parleurs diffusent constamment quelque chose de génial que je n'ai jamais entendu.

Élise lève les sourcils en regardant mon CD.

— Les Penseurs bigarrés? demande-t-elle, qu'est-ce que c'est?

— Ils viennent de la Belgique et ils sont excellents.

— Mathieu aime beaucoup les Lames déferlantes, c'est un groupe belge, annonce Élise.

— Hum, fais-je, ne sachant pas trop quoi répondre.

Dernièrement, on dirait que tous les sujets du monde mènent directement à Mathieu.

— Alors, comment s'est passée la réception? s'informe Élise tandis que je continue à faire défiler les CD.

— C'était bien, dis-je, car je n'ai pas vraiment envie de parler de Fiona la fatigante.

Élise s'appuie contre le présentoir en laissant un doigt glisser sur le dessus des CD, l'air absent.

— Est-ce que tu es prête pour la rentrée lundi, Jacinthe? demande Élise. Et dire que nous avons commencé la semaine dernière... je suis tellement jalouse.

13

Élise affiche un large sourire en battant des cils. Elle a de très jolis yeux verts en amande qu'elle rehausse habituellement avec de l'ombre à paupières verte. On pourrait croire que c'est exagéré, mais pas du tout – elle utilise un vert pâle qui brille sur sa peau cacao foncé. Élise adore le maquillage et est experte en la matière. Mille fois, elle a essayé de m'aider, mais nous sommes toujours arrivées à la conclusion que je devrais faire une croix sur le maquillage et m'en tenir à la mode.

— Mais enfin, je sais bien que tu adores l'école. Je parie que tu as déjà acheté tous tes cahiers et tes crayons, continue Élise.

Je mâchouille ma lèvre inférieure.

— Je ne sais pas, dois-je admettre. J'imagine que j'ai un peu le trac. Je pense que je préférerais que l'école ne recommence pas si vite.

— Vraiment? s'exclame Élise en plantant ses mains sur ses hanches. Toi? Nerveuse?

C'est seulement depuis la réception que j'ai commencé à me demander si j'allais ou non réussir à m'adapter à l'académie Argenteuil. Fiona et Shanel sont toutes les deux si bien habillées… elles ont l'air parfaites. On dirait qu'elles viennent de la planète des beautés. Et moi, avec mes longs cheveux frisottés, des broches sur les dents d'en bas et des vêtements fabriqués par moi, j'ai l'air de venir de… de chez moi.

— Je ne connais personne à Argenteuil, lui fais-je remarquer.

— Oh, je t'en prie, dit Élise exaspérée en agitant la main

14

comme si elle chassait un nuage de maringouins. Tu vas te faire un milliard d'amis en moins de dix minutes. C'est ce qui s'est passé à Langelier, non?

— C'est vrai...

Je réfléchis en pinçant les lèvres tandis que nous nous dirigeons vers la caisse pour payer nos CD. Mon caissier préféré, Renaud, est derrière le comptoir. Il a un air plutôt effrayant avec son mohawk orange et son sourcil percé, mais en réalité, il est doux comme un agneau.

Renaud est en train d'expliquer la politique de la boutique à un garçon qui paraît désappointé.

— Désolé, dit-il, mais nous n'avons pas de disques de Céline Dion ici. C'est la politique du propriétaire. Ce qui l'intéresse, c'est de vendre des choses plus obscures.

— Y a-t-il un endroit près d'ici où je peux me procurer son dernier album? demande le garçon en passant une main bronzée dans ses cheveux blond cendré.

Je ne peux m'empêcher de remarquer qu'il est vraiment beau. *Dommage qu'il ait des goûts si bizarres en matière de musique*, me dis-je. Non pas que j'aie quoi que ce soit à reprocher à Céline Dion... mais c'est un drôle de choix pour quelqu'un de mon âge.

— C'est l'anniversaire de ma mère, s'empresse-t-il de préciser, comme s'il avait lu dans mes pensées. C'est une grande admiratrice de Céline Dion et je dois absolument lui acheter son cadeau aujourd'hui.

Il a l'air plutôt désespéré. Renaud réfléchit à la situation pendant une minute.

— Où exactement...?

— Je peux y aller en marchant... ou en courant, répond le garçon.

Renaud secoue la tête et répond :

— Je ne vois vraiment pas.

Puis il se tourne vers moi.

— Jacinthe? Tu as une idée?

C'est ce qui me plaît chez Renaud, il est vraiment serviable.

— Bon, si ta mère aime Céline Dion, pourquoi ne lui offres-tu pas quelque chose d'une autre chanteuse qui a un style semblable? Peut-être aimerait-elle essayer quelque chose de nouveau?

Les grands yeux bruns du garçon se remplissent d'espoir. Il a de longs cils sombres et un nez droit parfait.

— Tu as des suggestions? Je ne m'y connais pas beaucoup en musique, réplique-t-il.

Je réfléchis pendant quelques instants.

— Pourquoi pas Clémentine Figueroa? Ou Madeline Maribel?

— Peut-être Léonore Figeol? suggère Élise en tortillant la pointe d'une de ses tresses. Elle a une voix superbe.

Élise me regarde en remuant les sourcils et en souriant de toutes ses dents. Je peux voir qu'elle aussi le trouve charmant.

— Elle a une voix superbe, mais elle est plus marginale que Céline Dion, dis-je.

Je me tourne vers le garçon et j'ajoute :

—Ta mère va probablement aimer une chanteuse populaire. Comme Angelina Ferréol peut-être...?

16

— Angelina Ferréol, c'est une bonne idée, convient Renaud.

Le beau garçon lui jette un regard perplexe, comme s'il n'arrivait pas à croire qu'une tête à mohawk orange puisse être un expert dans la catégorie Céline Dion et compagnie.

— Elle a des cordes vocales d'enfer, renchérit Renaud sur un ton défensif. Achète son premier album *Haute Altitude*, je te garantis que ta mère va adorer.

— Vraiment? demande le garçon en se tournant vers moi.

Élise me donne un coup de coude, mais je l'ignore. Je hoche plutôt la tête en regardant le garçon.

— Vraiment, dis-je en montrant du doigt l'arrière du magasin. Va dans la section « Musique du monde » et regarde dans les F.

— Tu me sauves la vie, déclare le charmant garçon.

Je ne peux m'empêcher de rire :

— On me dit ça souvent, ces derniers temps.

Il se précipite vers l'arrière de la boutique. Je sens qu'Élise me regarde avec un grand sourire aux lèvres tandis que Renaud scanne le prix de mon CD. Je lui demande :

— Pourquoi est-ce que tu souris?

— Pour riiien, chantonne-t-elle. Je remarquais simplement que tu ne semblais pas avoir de problème à parler à cette beauté rare.

— Et puis?

— Et puis! s'exclame Élise en levant les bras au ciel, comme si c'était l'évidence même. Alors, pourquoi t'inquiéter pour l'académie Argenteuil? Mathieu dit que s'il y a une personne sur la planète avec qui il est facile de parler, c'est bien toi. Tu vas te faire des tonnes d'amis, en un rien de temps.

D'un air étonné, je réponds :

— Mathieu a dit ça?

Ça me fait bizarre de penser que Mathieu et Élise ont parlé de moi. Mais d'un autre côté, c'est agréable de savoir que Mathieu pense que je suis capable de parler aux gens...

— Tout le monde le dit! s'offusque Élise en rejetant ses tresses par-dessus ses épaules, ce qui fait claquer d'indignation les billes attachées aux extrémités.

— C'est très facile de parler avec toi, approuve Renaud de derrière la caisse enregistreuse. Ce sera quinze dollars et trente.

Je ne peux m'empêcher de lui sourire en lui tendant l'argent :

— Tu le penses vraiment?

— Vraiment, répondent Élise et Renaud en chœur.

Élise paie son CD et j'enfouis nos achats dans mon énorme sac.

— Tu vas même probablement te faire un petit ami avant la fin du mois, chuchote Élise tandis que nous sortons du magasin. Ce serait formidable – nous pourrions sortir en couple!

Je ris en roulant les yeux.

— J'ai tellement hâte, dis-je.

Élise me passe un bras autour des épaules.

— Moi aussi! réplique-t-elle.

18

CHAPITRE DEUX

**Règle n° 2 de la Ligue :
Ce qui compte, c'est de bien paraître;
le reste est secondaire.**

— Jacinthe? crie mon père, au moment où j'ouvre la porte. C'est toi?

Il entre dans le salon en s'essuyant les mains sur une serviette. Mon petit chien blanc, Pizza, trotte derrière lui.

— Hum! Ça sent bon, qu'est-ce que c'est?

Je laisse tomber mon énorme sac près de la porte d'entrée et m'arrête pour gratter Pizza derrière les oreilles. Puis j'enlève mes chaussures d'un coup de pied et Élise fait de même.

— Sauté à la sauce gingembre, annonce papa avec un large sourire.

Dernièrement, il n'en a que pour la cuisine asiatique, et je ne m'en plains pas du tout. Au cours des trois dernières semaines, on a eu droit à des repas épicés et délicieux.

— Bonjour Élise, tu soupes avec nous?

Les yeux de mon amie s'écarquillent. Pour elle, mon père est tout simplement le meilleur cuisinier de tous les temps.

— Certainement! Mais il faut que j'appelle ma mère.

Elle sort son téléphone cellulaire et compose un numéro. Je jette un regard suppliant à mon père.

— Tu vois? dis-je.

— Pas de cellulaire, réplique-t-il durement.

Je soupire. Je sais que ça ne vaut même plus la peine d'argumenter. Nous avons abordé le sujet tant de fois qu'il est pratiquement usé. Mais je ne peux m'empêcher de lui dire que je fais partie des rares personnes sans cellulaire sur cette planète.

Élise plaque sa main sur le microphone :

— Maman veut savoir si vous pouvez me ramener à la maison après souper.

— Pas de problème, répond papa.

— Pas de problème, répète Élise, puis elle ferme le téléphone. Fantastique!

— Jacinthe, il y a un colis pour toi sur la table de la cuisine, dit papa en tournant le dos pour aller à la rescousse de son sauté.

— Oh là là, j'adore les colis! s'écrie Élise en se précipitant dans la cuisine.

Elle se glisse sur une chaise et pianote sur la table en bois avec impatience.

— Vite, vite, ouvre-le!

Perplexe, je soulève la grosse boîte. Elle est enveloppée d'un papier brun sur lequel sont inscrits mon nom et mon adresse. Mais je ne connais pas l'adresse de l'expéditeur.

— Qui est S. Rémillard?

— Ce n'est pas important, lance Élise. Ouvre!

— Rémillard? s'étonne papa en versant un plein bol de pak-choï dans la casserole qui chauffe. C'est le nom de famille de Linda. La fiancée de Steve.

— Oh!

S. Rémillard, ce doit être Shanel, me dis-je. *Mais pourquoi m'enverrait-elle un colis?*

— Oh, mais tu me rends folle, s'impatiente Élise en tapant sur la table. Comment peux-tu rester là à essayer de deviner qui est l'expéditeur d'un *colis* qui attend qu'on *l'ouvre?*

— O.K., O.K., on se calme.

Je vais chercher les ciseaux dans le tiroir fourre-tout et coupe le ruban. Sous le papier brun apparaît un emballage vert à motifs géométriques jaunes. Dans le coin inférieur gauche, j'aperçois l'élégant logo doré de *Style*, la boutique de la mère de Shanel.

— Il y a quelque chose de très beau là-dedans! déclare vivement Élise en battant des mains. Je le sens!

Je commence à retirer le papier à ma façon, c'est-à-dire lentement et soigneusement.

— Je n'en peux plus, lance Élise, qui allonge le bras et déchire le papier, révélant une boîte blanche.

— Élise!

Elle me montre du doigt

— Laisse-moi faire, dit-elle. C'est très peu demander pour protéger ma santé mentale.

Je roule les yeux tandis qu'Élise soulève le couvercle. *C'est incroyable ce qu'une amie depuis la deuxième année peut se permettre*, me dis-je en regardant Élise retirer d'un coup sec des feuilles de papier de soie violet.

— Incroyable! s'exclame-t-elle.

Mon amie brandit un super beau chemisier en coton froissé. Il est rose foncé et de coupe ajustée.

— Et un pantalon! ajoute Élise en sortant de la boîte un capri rose pâle.

Elle regarde l'étiquette et en a le souffle coupé.

— C'est du Annabelle Jacobsen! Génial! Fantastique! Je me sens un peu étourdie. Puis-je avoir un verre d'eau?

Élise pose les mains sur ses tempes et se balance légèrement, comme si elle venait tout juste de gagner à la loterie. À ses heures, elle peut se transformer en diva. Et dire que le colis n'est même pas pour elle!

— Qui est Annabelle Jacobsen? demande papa, qui mélange ses légumes en toute innocence.

— C'est une styliste, dis-je.

— Quoi? s'exclame Élise d'une voix stridente. C'est la styliste! La nouvelle styliste la plus en vogue de Londres! Ce pantalon coûte probablement cinq cents dollars! Oh, attends, il y a un petit mot.

Elle est sur le point de l'ouvrir quand je le lui enlève des mains.

— Je m'en occupe. Merci, dis-je en déchirant l'enveloppe.

La carte est orangée avec un papillon blanc sur le devant. À l'intérieur, d'une écriture manuscrite parfaitement régulière, il y a une note : « Merci de m'avoir sauvé la vie l'autre soir, lis-je à voix haute. En espérant que ces vêtements feront de ta première journée à l'académie Argenteuil un événement spécial! Amitiés, Shanel ».

— Comment lui as-tu sauvé la vie? veut savoir Élise.

Je lui résume l'histoire de l'ourlet agrafé.

— Tu as eu une très bonne idée, reconnaît Élise. Génial. Cette petite agrafe t'a valu cette fabuleuse tenue! J'ai hâte de tout raconter à Mathieu!

— Mais j'avais déjà prévu une tenue pour ma première journée d'école, dis-je en m'assoyant face à Élise.

— Quoi? s'écrie Élise, bouche bée.

Ses yeux verts sont ronds comme des billes.

—Tu es tombée sur la tête? C'est le genre de vêtements qu'on voit dans le magazine *Modèle*! Je te jure, je crois que j'ai vu Ashley Violetta avec ce pantalon l'autre jour. Tu n'as qu'à porter l'autre ensemble le *deuxième* jour!

Je promène un doigt sur le doux coton froissé du chemisier. J'aime beaucoup le tissu même si sa couleur n'est pas tout à fait dans ma palette habituelle.

— Bon, dis-je après un moment, je ne voudrais pas blesser Shanel...

— Surtout pas, approuve Élise, elle est maintenant ta meilleure amie à Argenteuil.

— Tu as raison, dis-je en riant. De plus, c'est très gentil de sa part de m'avoir envoyé un si beau remerciement. Je ne voudrais pas paraître ingrate. O.K., je mettrai la tenue qu'elle m'a offerte. Je vais juste la personnaliser un brin.

Élise plie le pantalon cérémonieusement et le dépose dans son nid en papier de soie violet.

— Et comment vas-tu t'y prendre?

23

Je lui souris de toutes mes dents et déclare :

— Avec la magie des accessoires!

— Ayoye!

La cuillère de Thomas a percuté son bol de céréales vert fluo dès que j'ai mis le pied dans la cuisine.

— Qu'est-ce que tu portes *maintenant*? me demande-t-il.

— C'est un ensemble Annabelle Jacobsen, dis-je en baissant le regard vers mes vêtements. Shanel me l'a donné.

— C'est tout à fait adorable, ma chérie! me complimente maman, assise face à Thomas. C'est parfait pour la rentrée scolaire.

Elle boit une bonne gorgée de café de sa tasse préférée, celle sur laquelle il est écrit : CAFÉ : IL REND TOUT INTÉRESSANT – MÊME VOUS!

— Merci maman, dis-je en me glissant sur la chaise à côté de mon frère.

— Bacon? Œufs brouillés? demande papa, planté devant la cuisinière.

— Je vais prendre des œufs.

Ravi, papa verse les œufs dans la poêle chaude et commence à les battre. Puis il met du pain à griller.

— Je ne parlais pas des *vêtements* de Jacinthe, explique Thomas en roulant les yeux.

Mon frère ne laisse jamais rien passer.

— Je parlais de cette chose bizarre, dit-il en montrant la besace que j'ai déposée à côté de ma chaise.

24

Le sac a la taille de notre micro-ondes et il est couvert de fausses fleurs.

— Et de ces autres bizarreries, ajoute-t-il en désignant mes chaussures, des Charles IX en cuir verni jaune qui s'harmonisent à mes bijoux voyants.

J'avoue que j'ai pris un risque en portant les chaussures avec des chaussettes bleu vif qui vont avec les fleurs sur mon sac. Personnellement, je crois que ça fait ressortir l'ensemble – rose sur rose, sac multicolore, chaussettes aux couleurs vives. J'ai noué ma tignasse en queue-de-cheval sur la nuque afin de réduire le facteur frisottis au minimum, et, honnêtement, je crois que c'est réussi.

— On dirait que tu t'es enfuie de l'école de cirque, lance Thomas.

— Et tu t'imagines que je vais suivre les conseils de mode d'un gars qui porte un t-shirt *Shérif, fais-moi peur*, fais-je observer en lui jetant un regard en coin. Qu'est-ce que tu manges?

Le lait dans son bol a une teinte bizarre, brun-rose. Et par « bizarre », je veux dire « dégueu ».

— Des *Choco-bites*, dit-il en y plongeant sa cuillère. Mélangés à des *Fruity Ohs*.

Je grimace :

— Quelle horreur!

— Tes chaussettes aussi, réplique-t-il en affichant un grand sourire.

— O.K. les enfants, c'est assez, intervient papa en posant une assiette d'œufs et de pain grillé devant moi.

Il a ajouté des fines herbes et du fromage râpé aux

25

œufs. C'est délicieux.

— Il vous reste seulement dix minutes pour vous rendre à l'arrêt d'autobus et je ne vais pas vous conduire, prévient maman.

— Tu as entendu? lâche Thomas. Il te reste encore dix minutes. Tu as le temps de te changer.

— Contente-toi de manger tes chocofruitochoses, lui dis-je.

Thomas et moi finissons d'engloutir notre déjeuner, puis il court à l'étage chercher son sac à dos. Nous nous rendons au coin de la rue, juste à côté du parc où nos autobus viennent nous chercher. Il y a déjà quelques étudiants à l'arrêt, mais ils ont tous l'air plus vieux que moi, appartenant plutôt au groupe de mon frère.

Thomas fréquente l'école Mercier, l'école secondaire locale. Les cours ont débuté la semaine dernière. C'est pourquoi quand le long autobus jaune s'arrête au bord du trottoir dans un bruit de ferraille, Martin, l'ami de Thomas, est déjà pendu à la fenêtre et crie : « Thomas, hé, Thomas! » en agitant les bras avec frénésie.

— Dis à Martin que s'il continue comme ça, il va se faire décapiter, dis-je au moment où Thomas s'élance vers les portes de l'autobus.

— Gare à tous ceux qui portent une perruque arc-en-ciel, tu pourrais te faire kidnapper, lance Thomas par-dessus son épaule en jetant un œil sur mon énorme sac. Ne t'approche surtout pas des gars à grosses chaussures.

Il glousse et saute dans l'autobus. Les portes se

referment derrière lui dans un autre bruit de ferraille.

Il tape à la fenêtre tandis que l'autobus s'éloigne du trottoir en faisant une embardée. Il crie quelque chose à travers la vitre, mais sa voix est étouffée.

— Quoi?

Thomas descend la fenêtre pour me répondre :

— Amuse-toi bien à Argenteuil! crie-t-il. Fais attention aux snobinards!

Je soupire. Comme je m'y attendais, tous les jeunes à l'arrêt sont montés dans l'autobus pour Mercier. Me voilà maintenant seule au coin de la rue où je me sens un peu trop visible. Dommage que je n'aie pas un roman dans mon sac. À part un livre, j'ai presque tout là-dedans : une lime à ongles, une brosse à cheveux, une mini agrafeuse, trois cahiers, cinq stylos noirs, trois stylos bleus, deux stylos verts, un violet, un tube de colle forte, un bloc de feuilles pour les devoirs, mon porte-monnaie, une boîte de mouchoirs, un tube de bonbons à la menthe, quatre brillants à lèvres et une quantité d'autres choses que j'oublie. J'ai tout transféré à la hâte dans le nouveau sac. Mais je viens de finir mon livre et j'ai oublié d'en prendre un autre.

J'en suis à étudier les ingrédients de mes *bonbons* quand un gigantesque autobus s'arrête devant moi. Ce n'est pas un autobus scolaire, toutefois. Il est très haut et ses vitres sont teintées; c'est le genre d'autobus dans lequel voyagent les touristes. Je fais un pas en arrière au moment même où en sort une femme pleine d'entrain portant un polo vert chasseur et un pantalon kaki. Elle pose

27

les yeux sur sa planchette à pince, puis sur moi.

— Jacinthe Genêt? demande-t-elle.

Stupéfaite, j'arrive tout juste à faire un petit signe de tête affirmatif.

La femme fait claquer ses doigts dans un geste qui me signifie de monter dans l'autobus. C'est alors que je remarque les mots ACADÉMIE ARGENTEUIL en haut à gauche sur son polo. C'est aussi écrit sur l'autobus, en petites lettres dorées de bon goût, près de la porte.

Ouah! C'est mon autobus scolaire? Dément.

Je grimpe à bord de l'autobus dont l'intérieur luxueux scintille de propreté.

— Orange ou pétillante? demande la femme à la queue-de-cheval dès que les portes se referment avec un sifflement et que l'autobus démarre.

Je réfléchis quelques secondes, sans comprendre le sens de sa question :

— Pardon?

La femme soupire. Apparemment, c'est une véritable torture d'avoir à composer avec une personne aussi peu dégourdie que moi à une heure aussi matinale. Elle exagère les mouvements de ses lèvres et parle très lentement.

— Tu veux un jus d'orange ou une eau pétillante? précise-t-elle, montrant du doigt un réfrigérateur rempli de boissons.

— Oh, fais-je. Euh… c'est combien?

La femme secoue la tête, comme si j'étais la personne la plus nouille de toute la planète.

— C'est gratuit, répond-elle avec l'air de dire : « Mais

tous les autobus scolaires offrent une boisson gratuite aux
étudiants en allant les conduire à l'école! » Les journaux
sont gratuits aussi, ajoute-t-elle.

— L'école donne des journaux?

— Il s'agit d'un programme d'enrichissement, explique
la dame. Le personnel enseignant encourage tous les
étudiants à se tenir au courant de l'actualité. Nous avons
Le Devoir et *La Presse*.

Surprise, je lui demande :

— Pas *La Voix populaire*?

La dame me lance un regard dans lequel je peux lire :
« C'est une blague? » Je m'empresse de dire :

— Je vais prendre *Le Devoir* et un jus, s'il vous plaît.

J'attrape mes affaires et m'éclipse pour m'asseoir sur
le premier siège libre. Puis je me mets à jouer avec les
boutons de l'écran de télévision qui se trouve sur le dossier
du siège devant moi. Cet autobus est encore mieux que ma
maison! Il est équipé de chaînes optionnelles!

Lorsque l'autobus arrive à Argenteuil, j'ai l'impression
que je viens tout juste de m'assoir. J'ai déjà visité le
campus, bien sûr. Mais maintenant, avec la foule d'étudiants
impeccables qui franchissent les grilles d'entrée et les
voitures luxueuses qui font la queue devant l'entrée,
l'académie me semble encore plus grande et intimidante.
Des colonnes blanches se dressent devant l'imposant
bâtiment principal aux allures de manoir. À l'arrière
s'étendent des acres de gazon vert bien entretenu, incluant
des terrains de jeu, une piste, des terrains de tennis et un
terrain de golf. L'avant du bâtiment est partiellement caché

par d'énormes chênes bien feuillus qui permettent à une douce lumière de se répandre par petites taches dans la cour. Une grande fontaine circulaire projette un jet léger, lequel, combiné à l'ombre, rafraîchit la cour de manière très agréable.

Tandis que je lève les yeux vers l'imposant bâtiment, mon cœur tressaille légèrement. *Nous y voilà*, me dis-je, *c'est ma première journée à l'académie Argenteuil. J'ai peur, mais je suis aussi excitée.*

— Attention! lance une voix.

Et tout à coup, j'entends un raclement, puis un sifflement tandis que quelque chose m'effleure la joue. Je baisse le regard. Une fille aux cheveux noirs coupés au carré est étalée à mes pieds. Elle porte un t-shirt ajusté vert olive sur lequel est dessiné un poulet et un jean capri qui semble neuf. Elle secoue la tête, ce qui fait onduler ses cheveux lustrés, comme dans une publicité pour shampoing.

— Oups, laisse-t-elle échapper en voyant sa planche à roulettes traverser la cour pour s'arrêter au pied d'un arbre.

Elle lève la tête et me regarde en plissant les yeux.

— Excuse-moi, dit-elle en esquissant un sourire en coin. Je ne devrais pas m'exercer dans une cour bondée.

— Pas de problème, dis-je en lui tendant la main, la planche à roulettes n'est pas un crime.

C'est le slogan préféré de mon frère. Il figure sur un autocollant pour pare-chocs qu'il a collé sur son livre de mathématiques.

— Parles-en à l'administration, réplique la fille en saisissant ma main pour que je l'aide à se relever.

La fille en question est de ma taille.

— Je m'appelle Michiko Ohara, dit-elle, mais tout le monde m'appelle Miko.

— Jacinthe Genêt.

Miko lève le regard vers la fontaine.

— Un jour, dit-elle, je vais maîtriser ce truc. Tout ce que je veux, c'est rouler sur le rebord pendant quelques instants sans tomber. Ou sans blesser un innocent passant.

Miko examine ma besace.

— Super sac, fait-elle.

Puis elle remarque *Le Devoir* replié sous mon bras et esquisse un petit sourire.

— Tu as pris le journal, remarque-t-elle.

— Quoi?

Miko secoue légèrement la tête.

— Tu es venue en autobus? Normalement, les gens ne prennent pas le journal.

Je hausse les épaules.

— Oh, je prends presque tout ce qu'on m'offre, surtout si c'est gratuit, dis-je.

Miko rit et moi aussi, mais un peu jaune.

— Bon, alors à la prochaine, lance Miko en me faisant un salut de la main.

Puis elle s'empresse d'aller chercher sa planche.

— Oui, à bientôt.

J'inspire profondément, gravis les marches en marbre

blanc et pénètre dans le bâtiment principal de l'académie Argenteuil.

Les étudiants vont et viennent dans le hall de marbre blanc reluisant. Horaire en main, ils consultent les listes de salles de classe affichées sur les énormes moniteurs à écran plat qui tapissent les murs. Au centre du hall s'élève un escalier de marbre de la largeur d'un autobus. J'ai l'impression que je viens d'entrer dans un château tout droit sorti d'un conte de fées – sauf qu'il s'agit d'un univers parallèle où *chaque personne* ressemble à Cendrillon ou à son prince charmant. Une enseignante passe à côté de moi, cheveux blonds coiffés en un chignon parfait sur la nuque. Elle porte des souliers à talons hauts noirs, une jupe évasée rouge, un chemisier de soie blanche et tient un livre de biologie. Dans mon ancienne école, mon professeur de sciences arrivait en classe avec des tongs aux pieds.

Je fourrage dans mon sac pour finalement en sortir ma carte d'étudiante et mon horaire. La carte est en plastique bleu pâle et arbore les armoiries d'Argenteuil, un aigle royal, dans le coin droit supérieur. Beaucoup de magasins ici offrent des rabais aux étudiants d'Argenteuil, ce qui est plutôt ironique étant donné qu'ils sont probablement les plus riches de la ville.

Je parcours mon horaire des yeux. CLASSE FOYER : MADAME MÉNARD. Je lève la tête vers les écrans, à la recherche des M. SALLE M104. Je ne vois pas où cela peut se trouver, mais je prends le risque et me dirige à droite.

Je passe devant une rangée de casiers bleu pâle où j'aperçois une tête blonde familière.

— Shanel! Hé, Shanel!

Shanel est en compagnie de deux filles. L'une est (eurk) Fiona, bien sûr. L'autre, par contre, m'est totalement inconnue. Elle a de longs cheveux bruns ondulés et porte un chemisier lavande de coupe empire, ainsi qu'une jupe noire qui met en valeur ses courbes. Les tenues de Shanel et de Fiona sont presque identiques à celle de l'autre fille, mais de couleurs différentes. Le chemisier de Fiona est bleu, celui de Shanel, pêche. Toutes portent une série de bracelets en or au poignet. *Était-ce planifié?* me dis-je. *Ou sont-elles tant sur la même longueur d'onde, question vestimentaire, qu'elles finissent par s'habiller comme des triplées?*

— Salut Jacinthe, me lance Shanel avec un sourire. Super, tu as mis l'ensemble!

Puis, son regard tombe sur ma besace et son sourire se fige. On croirait que quelqu'un le lui a plaqué sur le visage, comme une bouche en plastique sur monsieur Patate.

— Oui, merci beaucoup de m'avoir envoyé ces vêtements. Je les adore.

Je résiste à la tentation d'excuser mon sac et décide plutôt de changer de sujet :

— J'adore vos bracelets, les filles!

— C'est la mère de Lucia qui nous les a offerts, explique Shanel. Un cadeau pour la rentrée.

— Je suis surprise que tu les aimes, commente Fiona en penchant la tête. Tu sembles avoir un penchant pour les accessoires plutôt... inhabituels.

— Ouais, approuve la fille aux longs cheveux bruns –

33

Lucia j'imagine. Même, très *inhabituels*?

À sa manière d'élever le ton à la fin de la phrase, on dirait qu'elle pose une question. Mais ce n'est pas une question – c'est une constatation. Elle a les yeux rivés sur mes chaussettes et fait la moue.

Fiona et la fille se chatouillent le bout des doigts, comme si elles échangeaient une sorte de poignée de main secrète.

Shanel a subitement les joues rouges.

— Jacinthe, je te présente Lucia de Léon, dit-elle, et tu connais déjà Fiona.

Ouais, malheureusement, me dis-je, mais je réponds plutôt :

— Enchantée de faire ta connaissance, Lucia.

— Oh, comme c'est *mignon*, laisse tomber Fiona. Regarde Lucia, Jacinthe a pris le journal.

Elle fait un sourire crispé et enroule une mèche de cheveux autour de son doigt.

— Personne ne prend jamais le journal, jette-t-elle.

— Ouais, je n'ai jamais, mais jamais entendu dire que quelqu'un avait pris le journal? renchérit Lucia en rejetant sa longue chevelure brune par-dessus son épaule.

— Et pourquoi pas? dis-je.

Fiona me regarde, l'air de dire qu'elle est désolée que j'aie même osé poser la question.

— Bon, alors à plus tard, Jacinthe, lance Fiona en me faisant un mini salut de la main. Tiens-nous au courant si tu lis quelque chose de fascinant sur l'actualité.

— Ouais, c'est ça, dis-le nous? ajoute Lucia tandis

qu'elle s'éloigne avec Fiona en gloussant.

Shanel s'arrête quelques instants. Je n'arrive pas à bien déchiffrer l'expression de son visage; c'est comme si elle voulait à la fois s'excuser et me crier après.

Finalement, elle pivote et suit ses amies, me laissant seule dans le hall de l'académie Argenteuil. Et je ne sais toujours pas comment me rendre à la salle M104.

CHAPITRE TROIS

Règle n° 3 de la Ligue :
Tiens-toi loin des nuls, c'est contagieux.

Oh non! me dis-je au moment où la sonnerie retentit pour la troisième période. Je ferme mon livre de français d'un coup sec et glisse mon cahier dessous. Je jette ensuite un regard par-dessus mon épaule, vers la cinquième rangée, où Shanel et ses amies s'étaient précipitées pour s'asseoir l'une à côté de l'autre. Mais elles ont déjà disparu, ce qui ne devrait pas me surprendre; elles m'ont fait le même coup après la première période. Au début de chaque période, elles entrent vite dans la classe, une nano seconde avant la cloche, et s'évaporent dès que le cours est fini. Je ne sais pas ce qu'elles font entre les cours parce que je les ai cherchées dans les corridors, sans succès.

Et quand je les ai vues, j'ai eu l'impression d'être soudain devenue invisible. Je le suis aussi pour tous les autres. J'ai essayé de sourire à d'autres étudiants de la classe; soit ils ne réagissent pas, soit ils me regardent de travers. Je réalise qu'Argenteuil n'est pas l'école la plus amicale au monde.

Ce n'est pas comme ça que j'avais imaginé ma première journée d'école, me dis-je. Je glisse mes livres sous mon bras et me lève à contrecœur. C'est l'heure du cours suivant : Histoire du Québec. Je n'ai pas tellement envie d'y aller. Remarquez que je n'ai rien contre l'histoire. D'ailleurs, c'est dans cette matière que j'ai appris que Montréal était la deuxième ville francophone du monde, derrière Paris. Non, ce n'est pas le cours que j'appréhende. C'est la promenade de la honte.

Il se trouve que le fait de marcher dans le corridor d'Argenteuil est en soi un événement social. Tout le monde passe d'une classe à l'autre, deux par deux ou en groupe, tout en bavardant et en blaguant. Même les nullards le font. Je n'avais jamais été la nouvelle de l'école avant et je suis en train d'apprendre quelque chose d'important : ce n'est pas facile. Je me sens comme une île minuscule au milieu d'un océan tourbillonnant d'étudiants.

O.K., où dois-je aller? Je plonge le nez dans mon horaire. *Histoire du Québec, salle A207*, ai-je gribouillé. Je monte l'escalier à la hâte et me dirige vers le local 207. Mais aussitôt que j'arrive près de la porte, je constate que je ne suis pas au bon endroit. Il est écrit : BIENVENUE EN FRANÇAIS, 2E SECONDAIRE. De plus, les étudiants assis à leur bureau ont l'air plus âgés que moi. Mais il s'agit bien de la salle 207, c'est indiqué sur la porte...

J'hésite un instant, ne sachant que faire. Puis je décide d'aller vérifier sur les moniteurs en bas. Il y a peut-être eu un changement de salle. Je pivote rapidement... et fonce aussitôt sur quelqu'un. Livres et feuilles de papier s'envolent de tous côtés.

— Oh, je suis tellement navrée! dis-je en tentant de saisir le livre le plus près.

Malheureusement, le garçon que j'ai heurté s'est aussi penché en même temps pour le ramasser. Nos têtes se heurtent.

— Aïe! s'écrie-t-il.

— Oh, ça alors! dis-je en me frottant le front. Ça va?

— Eh bien, je souffre terriblement et je suis presque en retard pour mon cours, mais autrement tout baigne.

Au moment où le garçon lève les yeux vers moi, je constate que je le connais. Ces yeux bruns chaleureux, ces cheveux soyeux...

— Hé... dit-il lentement. Tu ne serais pas la fille que j'ai vue au magasin de CD?

Mes joues sont chaudes. Je suis en train de rougir je le sais, ce qui me fait rougir de plus belle. Voyez-vous, je ne rougis pas comme une personne normale : mes joues deviennent rouge vif avec, au centre, une tache blanche. J'ai l'air ridicule. Thomas en profite toujours pour se moquer de moi en disant que j'ai des cibles sur les joues.

Mais si le beau gars l'a remarqué, il n'en laisse rien paraître.

— C'est bien toi, non? enchaîne-t-il. Tu as proposé un CD pour ma mère.

Je hoche la tête. Je m'ordonne de répondre. *D'accord, mais quoi?*

— Je m'appelle Samuel Lapierre, dit-il en ramassant un livre.

Il fronce les sourcils

— C'est à toi, je crois bien. En tout cas, ma mère adore le CD. Angelina Ferréol est sa nouvelle idole, elle a déjà téléchargé tous ses autres albums.

— Vraiment? dis-je d'une voix aigüe.

Je m'éclaircis la voix. Je ne voulais pas vraiment démontrer autant d'enthousiasme.

— C'est... c'est super. En passant, je m'appelle Jacinthe, Jacinthe Genêt.

— Enchanté de faire ta connaissance, Jacinthe, répond Samuel avec un grand sourire.

Je ne peux m'empêcher d'admirer ses dents. Blanches et parfaitement égales. *Je parie qu'il n'a jamais eu à porter d'appareil dentaire*, me dis-je, en passant ma langue sur les fils d'acier accrochés à l'arrière de mes dents inférieures.

Nous ramassons nos livres, puis nous nous relevons. J'ai la tête légère, ce qui est déjà beaucoup mieux que de rougir jusqu'aux oreilles, au point de m'attendre à voir arriver les pompiers. Du moins j'espère que je ne rougis plus.

— Alors... demande Samuel en désignant la classe derrière lui, est-ce là que tu allais?

— Non, à vrai dire, je ne sais pas où je m'en vais, dois-je admettre.

Je lui montre mon horaire : il est écrit 207, mais je ne crois pas que ce soit la bonne salle.

Samuel prend l'horaire que j'ai entre les mains et, pendant une fraction de seconde, son doigt effleure le mien. Un frisson me parcourt la colonne vertébrale pour remonter jusqu'à mon cuir chevelu. Oh là là! Je n'avais jamais ressenti ça avant.

Mais si un courant électrique a secoué Samuel, rien ne paraît. Il jette un coup d'œil rapide sur l'horaire, puis me regarde.

— Tu es censée être dans la salle A207, dit-il en appuyant sur le A, comme si cela expliquait tout.

— D'accord, dis-je, me sentant un peu bête. Et, euh... où est A?

— C'est le pavillon Arvida, directement derrière nous, explique Samuel. Sors par les portes de derrière, il y a une passerelle couverte qui y mène. Tu es chanceuse d'avoir un cours là-bas, c'est le beau pavillon. Tout est flambant neuf.

Je répète en promenant mon regard sur les planchers de marbre impeccables, les moulures en bois sculpté et les murs frais peints :

— C'est le beau pavillon? À mon ancienne école, ça sentait les pieds dans les corridors.

Je me mords la lèvre. Parfois, je devrais tourner ma langue sept fois dans ma bouche avant de parler.

Samuel éclate de rire :

— Eh bien, le pavillon Arvida est équipé d'un échangeur d'air neuf qui élimine les mauvaises odeurs. Ça sent la poudre pour bébé partout.

— Non, mais vraiment, cette école est... étonnante!

Samuel hausse les épaules.

— Bienvenue à Argenteuil, dit-il simplement. Tu ferais mieux de te dépêcher. Il ne te reste que deux minutes avant la cloche.

Un coup d'œil à ma montre me fait sursauter légèrement. Il a raison!

— Merci de ton aide.

Je pivote sur mes talons et me précipite vers les escaliers. Les corridors sont presque déserts.

— Merci à toi aussi, lance Samuel.

Je lui fais un petit salut de la main avant de dévaler l'escalier. J'ai le cœur qui bat la chamade et ce n'est pas seulement parce que je crains d'être en retard. *Samuel Lapierre*, me dis-je en ouvrant toutes grandes les portes pour m'élancer dans la passerelle couverte. *Le garçon de la boutique de CD est ici – à Argenteuil! Et il a été gentil avec moi!*

J'ai soudain l'impression que le vent va peut-être tourner et que la journée ne sera pas si mauvaise.

Lorsque je me glisse à mon bureau, il me reste encore trente secondes pour jeter un coup d'œil sur la classe. Encore une fois, je suis assise dans mon îlot de solitude : les pupitres autour de moi sont inoccupés. En soupirant, je sors un de mes nouveaux cahiers de mon sac. J'aime toujours le bruit de craquement que font les pages quand j'ouvre mon cahier tout neuf pour la première fois.

Je sens la présence de quelqu'un qui s'est faufilé sur la chaise à côté de la mienne. Je lève les yeux et j'aperçois Shanel, la main plongée dans son sac. Elle en sort un stylo et me regarde en souriant.

— Salut, dit-elle au moment où la cloche sonne.

41

— Bonjour à tous!

Un homme âgé, avec des lunettes sur le nez et une coupe de cheveux militaire, a pris place devant la classe.

— Nous allons commencer. Je suis M. Bourgeois, votre professeur d'Histoire du Québec, première secondaire. Si certains d'entre vous ne sont pas inscrits à ce cours, vous devez sortir maintenant.

Il croise les bras sur sa poitrine et attend en s'appuyant contre son bureau. Personne ne bouge.

— O.K., on dirait que nous avons une classe d'étudiants particulièrement brillants cette année. Je commence par la distribution des manuels, enchaîne-t-il.

Je ne peux m'empêcher de remarquer que les muscles de ses bras ondulent quand il gesticule. Pour son âge, M. Bourgeois est dans une forme splendide.

Il s'assoit derrière son bureau pour faire l'appel. J'aperçois Shanel qui griffonne furieusement. Un moment plus tard, son pied trace un arc discret vers mon pupitre. Sous le bout pointu de sa mule, je distingue un morceau de papier replié. Je laisse tomber mon stylo et me penche pour cueillir le message que je déplie avec soin derrière mon cahier. M. Bourgeois appelle le premier étudiant pour qu'il aille chercher son livre et ses fournitures.

— Antoine Adam

Les livres, en passant, sont flambant neufs et *donnés* aux étudiants. Ils ne leur sont pas prêtés, comme c'est toujours le cas à l'école publique. Cela signifie que je pourrais écrire dedans, prendre des notes, surligner, etc. Dans les classes précédentes, certains étudiants avaient

42

déjà commencé à gribouiller sur la page couverture des leurs, mais je sais que je ne le ferai jamais. Je ne pourrais pas. Pour moi, cela est impensable. Après six ans d'interdiction, je n'arriverais même pas à souligner un seul mot.

Je passe ma main sur le message pour le lisser, à la fois contrariée et soulagée que Shanel m'écrive. Après tout, elle m'a ignorée quand elle était avec ses amies toute la matinée. Mais maintenant que Fiona et Lucia sont introuvables, elle veut bavarder. Je baisse les yeux vers le message.

Il est écrit : *Quel est ton numéro de cellulaire? Je vais t'envoyer un message texte.*

J'écris : *Pas de cell* et laisse tomber le message par terre. Lorsque Shanel le lit, elle lâche un petit son aigu.

— Est-ce que ça va mademoiselle Rémillard? demande M. Bourgeois en la scrutant du regard par-dessus ses lunettes.

Shanel s'éclaircit la voix.

— Pardon, M. Bourgeois, s'empresse-t-elle de dire. J'ai mal à la gorge.

Le professeur hoche la tête et continue l'appel.

— Monique Duval.

Au bout de quelques minutes, Shanel me fait parvenir un autre message :

C'est à peine si je t'ai vue dans nos classes précédentes! Fiona passe toujours toute la pause à la toilette. Tu devrais nous accompagner la prochaine fois.

Je fais cliqueter mon stylo tandis qu'un profond

43

sentiment de soulagement m'envahit. Donc, Shanel ne cherchait pas à m'éviter. Je rédige un autre message :

Pas étonnant alors que son brillant à lèvres soit toujours impeccable.

M. Bourgeois prononce mon nom. Je laisse tomber le papier au sol en me levant pour me rendre à l'avant de la classe. De retour à ma place, un nouveau message m'attend sur mon pupitre :

Fiona dit que tu peux t'asseoir avec nous pour dîner, si tu laisses ton sac dans ton casier.

À la fin du message, elle a tracé une binette avec une bouche dessinée d'une ligne sinueuse. Je jette un coup d'œil sur mon sac. Est-il si horrible que ça? Pour ma part, je le trouve toujours super. Je lance un regard en biais à Shanel.

— Je suis désolée, dit-elle en remuant les lèvres silencieusement.

Elle se met à griffonner un autre message et attend que M. Bourgeois baisse les yeux sur sa liste pour le lancer vers mon pupitre.

Je sais que Fiona peut être exaspérante, écrit-elle. Elle veut tout contrôler, surtout les personnes qu'elle ne connaît pas bien. Mais elle est vraiment adorable quand tu la connais bien. Je t'assure.

Hum, me dis-je. *Peut-être que Shanel a raison. Je n'ai pas vraiment donné de chance à Fiona – elle a peut-être un sens de l'humour très particulier. Et Shanel est très gentille. Par ailleurs, avec qui pourrais-je bien aller m'asseoir? J'ai bien eu une conversation avec Samuel Lapierre, mais je ne vais* tout de même pas aller déposer ma boîte à lunch à côté de la sienne à la cafétéria. Finalement, j'écris : *O.K. Super.*

Shanel écrit quelque chose d'autre et laisse tomber le papier sur mon pupitre en se levant pour aller récupérer son livre et ses fournitures.

Et tu pourras aussi enlever tes chaussettes. Elles ne sont pas vraiment assorties au reste.

Je plisse les yeux. Elle veut que je me débarrasse de mes chaussettes? Cela me semble ridicule. Je suis sur le point d'écrire *pas question* quand je m'interromps pour réfléchir. *En fait, si je laisse mon sac dans mon casier, les chaussettes n'iront plus avec le reste. J'aurai un chemisier rose foncé, un pantalon rose pâle, des chaussures jaunes et des chaussettes bleues.*

Shanel revient à sa place. Elle ouvre son livre d'un coup sec, puis me regarde du coin de l'œil. Elle fait un petit sourire, comme si elle espérait que je dise oui.

Je soupire, emportée par un torrent de pensées. Est-ce que je veux être à l'origine d'une querelle entre Fiona et Shanel? Elle connaît Fiona depuis longtemps alors qu'elle m'a rencontrée il y a une semaine seulement. Au moins, elle essaie d'être mon amie. Et peut-être que Fiona n'est pas aussi pénible qu'elle le laisse paraître...

O.K., finis-je par écrire et je renvoie le message à Shanel.

Je n'aime pas ça, mais que faire d'autre?

C'est seulement un dîner, me dis-je. *Un dîner sans sac ni chaussettes. Je peux supporter ça. N'est-ce pas?*

* * *

45

— D'accord, on va y réfléchir!

Quand j'arrive, un groupe de filles vraiment jolies est agglutiné autour de la table de Shanel. La plus grande, une fille splendide à la peau lisse couleur café crème, discute avec Fiona.

— Ce serait super, les filles, si vous participiez aux épreuves de sélection des meneuses de claques.

Un vague sourire se dessine aux coins des lèvres brillantes de Fiona.

— Je ne suis pas vraiment du type à m'inscrire à des clubs. Mais peut-être que Shanel et Lucia vont y réfléchir, lâche-t-elle d'un ton qui laisse entendre le contraire.

— Bon, si jamais vous changez d'idée, venez nous voir.

Les meneuses de claques s'éloignent, la mine quelque peu déconfite.

— Salut Jacinthe, me lance Shanel en m'apercevant.

J'ai mis du temps à les trouver. La cafétéria d'Argenteuil n'est pas un grand espace, genre entrepôt, comme à mon ancienne école. Ici, la cafétéria, ou plutôt la salle à manger, comprend une multitude de pièces plus petites entourant l'aire de restauration. Chaque pièce a un décor unique et porte le nom d'une fleur. Nous sommes dans la salle Dahlia. Ses murs à la chaude couleur bordeaux foncé sont percés de fenêtres donnant sur les terrains verdoyants et luxuriants de l'école. Un lustre de cristal pend au centre, au-dessus des tables de bois foncé et des chaises aux luxueux coussins bordeaux. En fin de compte, c'est un bel endroit pour dîner. L'endroit le plus beau que j'aie jamais vu!

Shanel, Fiona et Lucia sont installées à une table de premier choix près des fenêtres, la plus éloignée de l'entrée. La table est assez grande pour accueillir huit convives. Je dépose mon sac brun sur la table et prends place à côté de Shanel, face à Lucia.

— Comment se passe votre première journée?

J'ai posé la question en sortant mon dîner du sac. Fiona roule les yeux.

— La première journée, c'est une perte de temps, ronchonne-t-elle. On ne fait que recevoir nos livres et lire le plan de cours. En fait, je me demande pourquoi on ne nous envoie pas tout ça à la maison, comme ça on aurait une journée de congé de plus!

— Oui, c'est vrai? acquiesce Lucia qui pique délicatement sa salade avec sa fourchette. Moi, j'aimerais mieux avoir un jour de congé?

Au même moment, deux filles apparaissent au bout de la table. Elles ont l'air plus jeunes que nous – elles sont en sixième année peut-être – et l'une, une fille auréolée de boucles blondes coupées court, dépose son plateau au coin. Fiona fait claquer ses doigts.

— Excuse-moi, dit-elle, que fais-tu là?

La fille aux cheveux bouclés se touche la poitrine du bout du doigt et soulève les sourcils. Elle jette un regard nerveux à sa copine qui fixe Fiona, bouche bée, en écarquillant ses grands yeux noirs.

— Oui, vous, lance Fiona d'un ton sec. C'est notre table. Pas pour les petites de sixième. Allez vous trouver un autre

47

coin.

Les petites ne pleurnichent même pas. Elles attrapent leur plateau et déguerpissent de la salle comme si elles avaient le feu aux trousses.

— Non mais, pour qui se prennent-elles ces petites? demande Lucia en les foudroyant du regard.

— C'est lamentable, approuve Fiona en secouant la tête.

— Elles sont tellement innocentes, ajoute Shanel.

Je suis sur le point de dire qu'il y a assez de place au bout de la table, mais je me ravise. Après tout, elles semblent toutes penser que vouloir s'asseoir à côté de nous est une sorte d'acte criminel. *J'imagine que ça se passe comme ça ici*, me dis-je en déballant mon sandwich.

— Oh mon Dieu, mais qu'est-ce que c'est? demande Fiona alors que je m'apprête à prendre une bouchée.

Surprise, je la regarde en fronçant les sourcils :

— Un sandwich.

— Je vois bien que c'est un sandwich, répond Fiona d'un ton cassant. Mais quelle est cette *odeur*? demande-t-elle avec dédain en agitant une main devant son nez.

— Ouais, qu'est-ce que c'est? répète Lucia en plissant le nez.

— Du saucisson de foie, dis-je.

— Et *ça?* demande Fiona en pointant un ongle effilé parfaitement manucuré vers un sac de croustilles.

Mais elle répond à sa propre question avant moi.

— Des croustilles. Et un *Coke*, ajoute-t-elle d'un air scandalisé.

— Dis-moi que ce n'est pas vrai? s'offusque Lucia en s'adressant à Shanel.

Allez faites comme si je n'étais pas là.

— Qu'est-ce qui ne va pas avec mon dîner?

— Qu'est-ce qu'il y a de mal à manger un énorme morceau de gras? raille Fiona.

Le sarcasme sort en jet, comme la confiture d'un beigne fourré.

— Euh, rien... si tu projettes de joindre la BRIGADE DU GRAS, grimace-t-elle en regardant mon dîner comme si la vue de ces aliments était une offense à sa personne.

— Il faut que tu t'en débarrasses, dit Shanel, comme si de rien n'était.

Elle allonge le bras, saisit mon sandwich et le remet dans mon sac. Puis elle prend les croustilles et, avant que j'aie le temps de l'arrêter, elle traverse la pièce et jette ma nourriture dans l'élégante poubelle disposée dans un coin.

— *Merci*, dit Fiona lorsque Shanel revient à la table.

À l'entendre, on jurerait que Shanel vient de participer à une opération d'élimination de déchets toxiques.

— Et maintenant, qu'est-ce que je vais manger?

Je sens la colère gronder en moi. Je commence à avoir très chaud.

— Une pile de serviettes de table serait plus saine que le désastre que tu as apporté, grogne Fiona.

— Ouais, au moins il y aurait plus de fibres? ajoute Lucia.

— Va te chercher quelque chose au buffet, suggère Shanel.

— Je n'ai pas d'argent, fais-je remarquer.

Je suis trop polie pour mentionner qu'on m'a obligée à laisser mon sac dans mon casier afin de ménager la susceptibilité de Fiona.

Shanel me regarde pendant un instant. Puis elle éclate de rire. Les autres filles aussi.

— Qu'est-ce qu'il y a de si drôle? *Ma mort éventuelle pour cause de famine?*

— Tu n'as pas besoin d'argent, m'explique Shanel. Tu n'as qu'à prendre ce que tu veux.

— Sérieux?

Fiona hausse les épaules :

— C'est compris dans tes frais de scolarité. Va voir par toi-même.

Je commence à comprendre pourquoi Argenteuil est l'école la plus chère de la province, me dis-je en repoussant ma chaise. Mais lorsque j'entre dans l'aire de restauration, je constate que Fiona et Shanel disent peut-être la vérité – il n'y a aucune caisse enregistreuse.

J'attrape un plateau noir de forme hexagonale et fais une rapide visite gastronomique des lieux. Il y a une section pour chaque chose : un comptoir à pâtes, un comptoir à pommes de terre au four, un comptoir pour les déjeuners, un comptoir à boissons, un comptoir à salades, un comptoir à entrées et même un comptoir à desserts. C'est là que je m'arrête.

— Les biscuits sont franchement meilleurs, me dit une voix à l'oreille alors que j'ai le bras tendu pour saisir un bol de pouding au riz.

50

Miko se trouve derrière moi.

— C'est vrai? Qu'est-ce qu'ils ont de spécial ces biscuits?

— Ce sont les meilleurs en ville! s'exclame Miko, l'air surprise – comme si les biscuits d'Argenteuil avaient une réputation internationale. Le magazine *Le Garde-manger* en a même fait l'éloge.

— Tout à fait mon type de dessert, dis-je en échangeant mon pouding contre le biscuit.

— Où es-tu assise? me demande Miko. Tu veux te joindre à moi et à mes amis? Nous sommes dans la salle Tournesol, précise-t-elle en montrant du doigt une salle derrière elle.

— En fait, je suis dans la salle Dahlia. À la table près des fenêtres.

— C'est la table de la Ligue, répond Miko en fronçant les sourcils.

— La quoi?

— La Ligue – Fiona Von Steig et compagnie. Es-tu assise avec elles?

Miko me regarde en clignant des yeux, l'air incrédule.

— Shanel est... fais-je, mais je ne sais pas quoi dire. Mon amie? Ma presque cousine? La future belle-fille du meilleur ami de mon père? J'abandonne et lui demande plutôt :

— Elles s'appellent la Ligue? Pourquoi?

— Ce n'est pas un nom qu'elles se donnent, corrige Miko. Tout le monde les appelle comme ça.

Elle plisse légèrement les yeux.

— Si tu es assise avec elles, tu ne peux pas prendre un biscuit, affirme-t-elle.

Elle prend mon assiette et replace le biscuit sur le comptoir à desserts.

— Ouais, elles m'ont aussi enlevé mon sandwich au saucisson de foie.

— Saucisson de foie? Oh, malheur! s'écrie Miko en secouant la tête.

— Alors, qu'est-ce que je *peux* manger? dis-je en soupirant.

Miko se pince les lèvres et hoche la tête en désignant le comptoir à salades.

— Prends une salade César au poulet, sans croûtons, un sac de croustilles de riz et... ceci.

Elle se tourne et ouvre toute grande la porte d'un réfrigérateur pour en sortir une bouteille de plastique verte contenant de l'eau pétillante.

— Merci, dis-je, d'un ton mal assuré.

Mais Miko s'est déjà éloignée.

Je me sers une salade, prends un sac de croustilles de riz sur le support et me dirige vers la salle Dahlia.

— Alors, tu crois que tu pourras venir à la fête que j'organise chez moi, autour de la piscine? demande un garçon plus âgé et très séduisant à Fiona.

Il lui donne une carte d'invitation et se retourne vers Shanel et Lucia.

— Vous êtes toutes invitées, ajoute-t-il.

— Ça me semble intéressant, lui répond Fiona. Nous essaierons d'y être.

Le garçon fait un large sourire et s'éloigne rapidement, comme s'il était impatient d'annoncer à quelqu'un qu'il venait de remporter le super gros lot à la loterie.

— C'est mieux, commente Fiona lorsque je m'assois avec mon plateau.

Mieux pour qui? Je me demande bien en saisissant la lourde fourchette en argent. Toutefois, je dois admettre que la salade est délicieuse. Le poulet est tendre, la vinaigrette a un soupçon d'ail et elle est crémeuse et non pâteuse.

— Alors, Jacinthe... commence Fiona.

Elle enfouit le carton d'invitation dans son sac et, sous ses cils noirs brillants, ses yeux me fixent.

— Dis-moi Jacinthe, as-tu un faible pour quelqu'un? me demande-t-elle.

— Fiona, intervient Shanel, Jacinthe est ici depuis une demi-journée seulement.

— C'est tout le temps qu'il faut pour remarquer quelqu'un d'intéressant, réplique Fiona. D'ailleurs, regarde-la, elle est rouge comme une tomate.

C'est la vérité, je le sens.

— Alors, qui est-ce? Raconte, me dit Fiona.

J'hésite un peu, puis je lâche :

— Samuel Lapierre.

Fiona n'a aucune réaction.

— Qui? demande-t-elle encore.

— C'est un gars que j'ai rencontré au magasin de CD. Je l'ai simplement croisé... je crois qu'il est en secondaire II.

— Jamais entendu parler de lui, dit Fiona.

— Moi non plus? renchérit Lucia.

— Tu devrais opter pour quelqu'un de populaire, suggère Fiona. Quelqu'un de ton niveau scolaire. C'est plus facile; il y a plus de sujets de discussion. Et avec ton teint… je pense que tu paraîtrais bien avec un garçon aux cheveux blonds.

Du bout des lèvres, elle boit une gorgée d'eau pétillante et replace le verre sur le plateau avec un léger tintement.

— Quelqu'un comme Lambert Simon, ajoute-t-elle.

— Fiona! s'exclame Shanel, l'air atterré.

Ses yeux noisette sont exorbités. Il est évident que *Shanel* s'intéresse au Lambert en question.

— Ne te mets pas dans tous tes états, dit Fiona d'une voix calme.

Elle regarde Shanel, la bouche en cœur.

— Tu sais que ça n'a aucun bon sens, Lambert n'est pas pour toi. Vous êtes de la même grandeur. Si tu portes des talons, tu auras l'air ridicule. Laisse-le plutôt à Jacinthe.

Shanel plante son couteau dans son morceau de saumon grillé, mais ne riposte pas. Je voudrais lui dire de ne pas s'en faire, que je ne sais même pas qui est ce Lambert. Mais je ne veux pas me retrouver au centre d'une dispute entre Shanel et Fiona. Je pourrai lui en parler plus tard, en privé.

— Ne te fâche pas, susurre Fiona. Regarde, j'ai quelque chose qui va te remonter le moral.

Elle sort un DVD de son sac. Sur le dessus du boîtier, il y a une superbe photo de la Ligue et un titre : TU ES DE LA

FÊTE.

— Oh malheur! j'ai l'air horrible sur cette photo? s'exclame Lucia.

— Qu'est-ce que tu dis? lance Shanel. Tu as l'air sublime. Mais moi, on dirait que je suis sur le point d'éternuer. Je ne peux pas croire que tu vas distribuer ça à tout le monde.

Je regarde la photo en plissant les yeux. À mon avis, les trois filles ont l'air de mannequins professionnels.

— Je ne vais pas le remettre à tout le monde, corrige Fiona. Jamais de la vie.

— C'est pour quoi? dis-je.

Fiona ouvre le boîtier et en sort un DVD argenté.

— C'est une invitation pour mon treizième anniversaire, explique-t-elle. Ça va être l'événement de l'année.

— Et même, de la décennie? renchérit Lucia en ramenant ses longs cheveux ondulés d'un côté pour y glisser ses doigts. Et même, du millénaire?

Shanel hoche la tête.

— Ça fait des mois que Fiona l'organise. Ce sera une fête extraordinaire sur le thème « Festival hivernal ». Elle a loué un club au complet. Il y aura un DJ et même un spectacle privé d'Éloquence.

— Le groupe musical? fais-je.

J'ai entendu quelques-unes de leurs chansons à la radio, ils sont très bons.

— Mon père est leur avocat, explique Fiona.

— C'est un réalisateur professionnel qui a fait la vidéo pour l'invitation? m'informe Lucia. C'est le cousin de Steven

Spielberg?

— Vraiment, qu'est-ce que je devrais porter à cette fête?

Fiona me regarde de ses yeux bleus qui brillent comme des saphirs.

— Je ne te connais même pas, fait-elle remarquer. Shanel est celle qui doit être gentille avec toi, pas moi. Si tu veux être invitée, tu devras faire tes *preuves*.

Elle remet le DVD dans son boîtier et le referme d'un coup sec. Je la dévisage. Faire mes *preuves*? Elle est odieuse. J'ai le goût de l'envoyer promener, mais quelque chose en moi m'en empêche... c'est que j'aimerais vraiment aller à cette fête.

Au même moment, la cloche carillonne. Les membres de la Ligue ramassent leurs sacs à main et laissent traîner leurs plateaux sur la table. Je laisse le mien aussi, bien que ce ne soit pas dans mes habitudes, ce qui me rend un peu mal à l'aise.

Shanel évite mon regard tandis que nous quittons la salle Dahlia à la queue leu leu. C'est parfait ainsi. Je commence à me demander si elle dit la vérité lorsqu'elle raconte que Fiona peut être adorable quand on la connaît mieux. Jusqu'à maintenant, cela me semble impossible.

Je dois me précipiter vers mon casier pour ramasser mon sac et mes livres avant le prochain cours : sciences. Lorsque j'arrive en classe, Shanel et Fiona sont déjà assises à une table de laboratoire vers l'arrière. J'hésite un instant, puis me décide à aller les rejoindre. Après tout, Shanel a dit que c'est ce que je devrais faire.

— C'est deux par table, lance Fiona dès que je m'approche.

Elle est en train d'écrire dans son cahier et ne daigne même pas lever la tête pour me parler.

— Désolée, dit Shanel en haussant les épaules.

— Pourquoi ne vas-tu pas t'asseoir *là-bas*? suggère Fiona en désignant l'avant de la classe où un beau garçon aux cheveux blonds bouclés vient de déposer ses livres.

Shanel s'agite sur sa chaise, l'air mécontente, et semble sur le point de dire quelque chose. Mais elle jette un coup d'œil vers Fiona et apparemment change d'idée.

Le professeur arrive au même moment. Je dois vite trouver une place. La suggestion de Fiona en vaut bien une autre; je me dirige donc vers le beau garçon et lui demande :

— Est-ce que je peux m'asseoir ici?

Il lève le regard vers moi et sourit. Il a de grands yeux bleus et un large sourire digne d'une star hollywoodienne.

— Bien sûr, dit-il. Es-tu nouvelle? Je m'appelle Lambert Simon.

— Lambert?

Je répète son nom en jetant un regard sur Fiona. Elle me sourit.

— Je sais, je sais, dit-il, l'air penaud. J'ai un nom bizarre, n'est-ce pas? C'était le nom de jeune fille de ma grand-mère. Ils font ça dans ma famille.

— Non, ce n'est pas…

Je secoue la tête, ne sachant pas comment m'expliquer sans avoir l'air bête.

— Je m'appelle Jacinthe Genêt, dis-je en posant mon sac par terre pour prendre place à côté de lui.

— Tu te débrouilles comment en sciences? me demande-t-il, rempli d'espoir.

Je ne suis pas du genre à me vanter, mais sa question est tellement directe que je ne sais pas comment y répondre sans a) mentir b) avoir l'air prétentieuse.

— Je me débrouille pas mal, dis-je, en choisissant de faire un compromis.

Lambert a l'air soulagé.

— Super, dit-il. J'ai une tonne d'amis dans cette classe, mais personne ne veut s'asseoir avec moi parce qu'ils savent que je suis nul en sciences.

Il lâche un petit rire comme si le mot « nul » était à des années-lumière de décrire son niveau d'incompétence. Je tourne la tête en direction de Fiona qui a toujours un sourire narquois aux lèvres. Super. Elle vient de me jumeler à un partenaire de labo archinul.

Lambert a suivi mon regard.

— Oh, euh… tu connais Shanel et Fiona? demande-t-il.

Sa voix s'adoucit un peu.

— Elles sont charmantes, ajoute-t-il.

Charmantes? Mais je remarque soudain qu'il regarde Shanel en disant cela, et non pas Fiona. Shanel rougit un peu et baisse immédiatement les yeux. Elle se met à regarder dans son sac à main comme s'il y avait un important secret nucléaire enfoui dedans et qu'elle se devait de le trouver sur-le-champ.

Hum… *Intéressant.*

Au son de la cloche, le professeur, M. Pardo, se lève derrière son bureau.

— Bon. Bon. Bon.

Avec son ventre rebondi et sa cravate un peu trop courte, il me fait penser à papa ours dans l'histoire de Boucles d'or. Il a la peau foncée, d'énormes yeux et, quand il parle, il les ouvre grand tout en gesticulant avec enthousiasme, comme s'il avait avalé douze cafés. Il frappe dans ses mains.

— Bienvenue au cours de sciences! Nous allons commencer tout de suite à travailler avec les aimants. Qui connaît quelque chose sur les aimants? Qui? Qui? Qui?

Une fille avec une coupe de cheveux élégante lève la main et dit quelque chose au sujet de charges positives et négatives. Et voilà M. Pardo qui présente un document PowerPoint sur un écran devant la classe. Je note ce qu'il dit. Même si je ne fais que copier ce qui est écrit à l'écran, Lambert se penche continuellement vers moi pour regarder mes notes.

— O.K., maintenant passons au devoir! lance M. Pardo, cinq minutes avant que la sonnerie retentisse.

La classe grogne.

— Je sais, je sais, je sais... qu'est-ce qui me prend de donner un devoir le premier jour de classe? demande le professeur en nous regardant avec des yeux exorbités. Je suis fou et je le sais! Il va falloir vous y faire! O.K., voici : imaginez une expérience avec des aimants et testez-la! C'est votre devoir! Prenez quelques aimants en sortant et faites des essais à la maison, O.K.? O.K.? O.K.? Faites travailler vos méninges, les jeunes!

— Je déteste ce genre de devoir, bougonne Lambert en copiant le devoir de mon cahier. Pourquoi est-ce qu'il ne nous dit pas simplement quoi faire?

— Hum, fais-je.

En fait, je pense à quel point j'aime les professeurs qui donnent des devoirs créatifs. L'an dernier, mon professeur de sciences se contentait de nous faire copier du vocabulaire en nous demandant d'en trouver la définition. Palpitant!

Lambert passe ses mains dans ses cheveux, ce qui dégage son front et laisse voir ses très longs cils. Ses yeux ont l'air encore plus grands, et plus bleus. *Il est vraiment beau.* Je comprends pourquoi Shanel a un faible pour lui. Ce n'est pas lui qui aurait inventé le bouton à quatre trous, mais il est charmant. Et exceptionnellement séduisant.

Cependant, ce n'est pas mon genre. *Mais peut-être pourrais-je vérifier s'il a un faible pour Shanel.* Il lui a tout de même décoché tout un regard au début du cours... Et s'il partage les sentiments de Shanel, le plan secret de Fiona tombera à l'eau.

Lambert s'accoude sur notre table.

— Qu'est-ce que je vais faire? marmonne-t-il.

— À propos de quoi? dis-je.

Je me demande si, par miracle, il aurait lu dans mes pensées et pris connaissance du plan diabolique de Fiona.

— À propos des aimants! Je n'ai pas la moindre idée, dit-il en secouant la tête.

Je réfléchis un moment.

— Hum... Tu pourrais peut-être essayer de voir si la chaleur et le froid ont un effet sur l'aimant. Par exemple, est-ce que la chaleur le rend plus fort? Je crois que c'est ce que je vais faire. Tu pourrais essayer la même chose.

Lambert se redresse sur sa chaise.

— Jacinthe, c'est génial! Je vais coller l'aimant dans le four à micro-ondes et voir ce qui va se produire.

Il se met aussitôt à écrire dans son cahier.

— Attends, attends, dis-je en posant ma main sur la sienne pour l'arrêter d'écrire. Euh... je crois que ça peut faire exploser ton four.

— C'est vrai?

Pendant un moment, Lambert a l'air stupéfait. Puis, lentement, il biffe *Mettre l'aimant dans le four à micro-ondes*. Son écriture est très régulière. Je suis surprise, car la plupart des gars que je connais écrivent très mal à la main; on dirait de l'art abstrait qui vaut une petite fortune.

Je lui suggère :

— Tu pourrais simplement laisser l'aimant au soleil. Et ensuite, tu pourrais le mettre au frigo.

Un nuage d'inquiétude vient assombrir son front.

— Tu ne penses pas que je pourrais aussi faire exploser le frigo?

J'éclate de rire. Mais lorsque je m'aperçois qu'il est sérieux, je cache mon sourire en simulant une quinte de toux.

— Non, finis-je par dire. Je crois que le frigo n'aura pas de problème.

Lambert hoche la tête et prend mes deux suggestions

61

en note.

— Je suis tellement chanceux de t'avoir trouvée, me dit-il en souriant. J'ai l'impression que ça va très bien aller dans ce cours.

Je jette un coup d'œil par-dessus mon épaule. Shanel observe Lambert. Lorsqu'elle me voit, elle se met à écrire dans son cahier. Je souris à mon tour.

— Moi aussi, dis-je, j'ai exactement la même impression.

— Shanel!

Je m'empresse d'aller la retrouver près de son casier jaune. J'ai tout juste le temps de jeter un coup d'œil dans son casier avant qu'elle ne referme la porte d'un coup sec : des livres et des cahiers à spirale bien alignés avec le dos vers l'extérieur, un sac rose sur la tablette supérieure pour le transport des livres, et des photos de ses amies à l'intérieur de la porte. Lorsqu'elle se tourne vers moi, elle affiche une expression neutre, pareille à l'extérieur de son casier. Je me demande à quoi elle peut bien penser.

— Salut Shanel! dis-je, en reprenant mon souffle. Écoute, je tenais simplement à te dire que Lambert t'a regardée pendant tout le cours de sciences.

Je la fixe du regard en souriant de toutes mes dents; j'adore annoncer les bonnes nouvelles.

Pendant un instant, son expression ne change pas. Et puis, on dirait que tout à coup le soleil se lève à l'horizon. Son visage rosit et ses yeux s'écarquillent.

— C'est vrai? Non, tu me racontes des histoires.

62

— Non, pas du tout. J'ai cru qu'il allait attraper un torticolis. Je te le jure!

— C'est vrai? répète-t-elle sur un ton rêveur.

— Oui, c'est vrai, dis-je en hochant la tête.

Shanel s'incline vers son casier et appuie sa tempe contre sa surface fraîche. Au bout d'un moment, elle semble se rappeler ma présence et se ressaisit un peu.

— Écoute, je voulais te dire quelque chose. C'est au sujet de ce que Fiona a raconté au dîner, commence Shanel.

— À propos de mon sandwich au saucisson de foie?

Un petit sourire, presque aussi imperceptible qu'un filet de fumée, semble vouloir se dessiner au coin de ses lèvres.

— Euh, non, dit-elle. Elle a dit que j'étais obligée d'être gentille avec toi... parce que... parce que ton père est l'ami de Steve. Je voulais juste te dire... (Elle pince les lèvres.) Je voulais te dire que je ne suis pas obligée. Tu comprends. Ce... ce n'est pas pour ça que je te parle. Au cas où tu te poserais la question.

Elle hisse son sac en cuir souple un peu plus haut sur son épaule et laisse son pouce là, entre son épaule et la bandoulière, comme si elle avait oublié de finir son mouvement.

— Ce n'est pas ce que je croyais, dis-je, bien que je sois contente de l'entendre dire ça. Et ce n'est pas pour ça non plus que je suis gentille avec toi. Au cas où tu te poserais la question.

Shanel fait un vrai sourire.

— Bon, dit-elle.

Pendant un moment, nous nous regardons sans bouger.

— Hé! Qu'est-ce que tu fais maintenant? s'écrie Shanel.

Un coup d'œil à ma montre et je manque de m'évanouir.

— Zut! Je cours attraper mon autobus! dis-je.

J'ai déjà le dos tourné quand Shanel m'attrape par le coude.

— Tu veux venir avec moi? Lucia et moi allons aider Fiona à distribuer les invitations pour sa fête.

Elle jette un coup d'œil par-dessus son épaule comme si elle craignait que quelqu'un n'entende ce qu'elle est sur le point de révéler.

— Écoute, si tu aides, je parie que Fiona va te remettre une invitation. Vraiment, j'aimerais beaucoup que tu viennes à la fête, enchaîne-t-elle en constatant mon hésitation.

Ses doigts serrent toujours mon coude et elle a l'air sincère.

— D'accord, dis-je. Mais je dois appeler ma mère pour l'avertir que je serai à la maison plus tard.

— Super! lance Shanel qui libère aussitôt mon coude et se met à applaudir pour manifester sa joie.

Puis elle me regarde. Elle semble attendre que je fasse quelque chose.

— Euh… est-ce que je peux emprunter ton cellulaire?

— Oh, bien sûr! répond Shanel en plongeant la main dans son sac.

Elle me tend son téléphone. C'est le tout dernier modèle et je n'ai pas la moindre idée de la façon de m'en servir. Shanel doit composer le numéro pour moi.

Un de ces jours, me dis-je pendant que le téléphone sonne, *cette école n'aura plus de secrets pour moi. Du moins, je l'espère.*

Shanel et moi nous approchons de la voiture où Fiona et Lucia sont déjà assises sur la banquette arrière. Fiona ne semble pas de bonne humeur. *De toute façon, Fiona a rarement l'air contente,* me dis-je pour me raisonner. Elle tient un petit chien sur ses genoux. C'est un chihuahua à poil long dont le pelage est presque aussi soyeux que les cheveux de Lambert Simon. La chienne a une petite boucle rose sur la tête et porte un collier à pierres brillantes.

— Ooooh, quelle adorable petite chienne! dis-je en passant la main par la fenêtre pour lui caresser la tête. Tu es mignonne comme tout!

Le minuscule animal lâche un grognement et essaie de me mordre. Je retire ma main juste à temps pour sauver mes dix doigts.

— Il s'appelle Fernando, dit Fiona. Il n'aime pas… (elle cherche le mot juste)… les personnes *étranges.*

Lucia se penche en avant, l'air arrogante.

— Ouais, renchérit-elle. Et Fernando n'est même pas une femelle?

Et j'ajoute en silence : *Il n'est pas gentil non plus.*

— Fiona, Jacinthe va nous aider à distribuer les invitations, lance Shanel en grimpant sur la banquette

65

arrière.

— Oh, comme c'est gentil, lâche Fiona en triturant l'extrémité d'une mèche de cheveux. Ce sera amusant pour toi, Jacinthe.

J'hésite quelques secondes. Il n'y a pas vraiment de place pour moi sur la banquette arrière. Je m'attendais à ce qu'on vienne chercher Fiona à l'école avec une limousine, mais cette voiture est de taille moyenne, à peine plus grande. C'est tout de même une très belle voiture, de style tout à fait classique. Il est écrit *Rolls Royce* sur le médaillon argenté devant.

— Tu peux t'asseoir devant, m'informe Fiona.

J'ouvre la portière et me glisse sur le siège à côté d'un garçon d'environ dix-huit ans dont le bronzage dissimule en partie ses taches de rousseur. Il a les cheveux d'un roux particulièrement foncé, presque brun. Il m'adresse un sourire.

— Je m'appelle Jacinthe, es-tu le frère de Fiona?

Les filles sur la banquette arrière pouffent de rire. Fiona glousse de manière particulièrement méchante.

Le rouquin rit aussi, mais pas méchamment du tout.

— Je m'appelle Jérémie, je suis l'assistant personnel de la mère de Fiona, m'explique-t-il.

— Oh, fais-je en hochant la tête de haut en bas comme si un assistant personnel était chose commune dans mon entourage.

— Es-tu prête pour le grand événement de la journée? demande Jérémie. J'ai entendu dire que c'était presque impossible d'obtenir une invitation.

— C'est ce qu'on m'a laissé entendre, dis-je.

Je bavarde avec Jérémie pendant quelque temps. Il me parle de son école – il étudie à l'université – et je l'informe que mon père y enseigne.

— Dans quel programme? me demande-t-il.

— En architecture, mais il est en congé sabbatique cette année.

— Super, dit-il en hochant la tête. Je suis inscrit en études françaises, mais j'ouvrirai l'œil. C'est le professeur Genêt?

— Oui, c'est ça.

— Excusez-moi, intervient Fiona, ça vous dérangerait de cesser le bavardage et de mettre le iPod?

Jérémie me regarde du coin de l'œil, mais tend le bras pour mettre la musique.

— Plus fort, s'il te plaît, demande Fiona.

Ce qui a pour effet de mettre fin à notre conversation. Au bout de dix minutes, nous arrivons dans une rue envahie par une multitude de voitures et de gens. Des jeunes se sont massés devant une énorme clôture en fer, désespérément résolus à mettre le pied sur le parterre entretenu du manoir se dressant de l'autre côté.

Je m'exclame :

— HÉÉÉ! Qui habite *là?*

Fiona pousse un grognement.

— Moi, jette-t-elle en s'inclinant vers l'avant.

Elle n'ajoute pas « idiote », mais tout juste.

— Jérémie, continue-t-elle, passe par l'entrée latérale.

Jérémie fait un signe de tête et tourne le coin. Il appuie

sur un bouton qui déclenche l'ouverture de la grille de côté. Incroyable. La maison de Fiona est *gigantesque*. Tandis que nous approchons du garage, qui est plus grand que ma maison, j'entrevois la piscine à l'eau cristalline entourée de fleurs élancées et d'élégantes graminées ondulantes. À une extrémité se trouve un patio couvert et à l'autre, une petite maison qui doit être pour les invités.

— Content de t'avoir rencontrée, Jacinthe, dit Jérémie lorsque je descends de la voiture.

Je lui fais un salut de la main, puis emboîte le pas à la Ligue qui se dirige devant la maison. Une longue allée de pierre relie les marches de la maison à la grille d'entrée où des centaines de jeunes se collent aux barreaux de fer. De chaque côté de l'allée s'étend un magnifique tapis de fin gazon bordé de petites fleurs rouges. Quelqu'un a dressé une table en haut des marches en marbre. Elle est recouverte d'une nappe bleu royal et un grand vase de fleurs bleues est posé au centre.

— J'adore cette couleur, dis-je tandis que nous approchons de la table.

Je touche le tissu. Je suis surprise de constater à quel point il est doux.

— La pierre de naissance de Fiona est le saphir? explique Lucia tandis que Fiona sort une boîte en carton de sous la table. C'est pourquoi elle porte toujours quelque chose de bleu?

— O.K., Shanel, commence Fiona en sortant une planchette à pince de la boîte. Voici ta liste. Elle comprend les noms de A à Q. Lucia s'occupera de ceux de R à Z. Si le nom de la personne figure sur la liste, vous n'avez qu'à le cocher et lui remettre un DVD.

Je dois l'avouer, je suis impressionnée par le sens de l'organisation de Fiona. La foule rassemblée aux grilles de sa maison ne semble pas du tout la rendre nerveuse. S'ils étaient mes amis, je serais très tendue de les faire attendre à l'extérieur. Il fait tout de même très chaud. Mais Fiona est comme ça – elle reste toujours calme.

— Et si le nom n'apparaît pas sur la liste? demande Shanel en s'assoyant derrière la table.

— Tant pis, répond Fiona.

— Et moi, qu'est-ce que je fais? dis-je.

Fiona pince les lèvres.

— Tu pourrais aller ouvrir la grille, suggère-t-elle.

Ouvrir la grille? Je jette un coup d'œil en direction de la foule rassemblée dans la rue. Quelques personnes ont commencé à scander : Fi-o-na! *Clap, clap, clap!* Fi-o-na! *Clap, clap, clap!* Certaines ont l'air agacées. Mais la plupart me font penser à ces gens qu'on voit aux nouvelles la semaine après Noël – ils ont hâte d'entrer dans le magasin et de mettre la main sur tout ce qu'ils peuvent. Ma gorge se serre.

Je n'ai pas vraiment le choix. Je prends quelques profondes inspirations – comme ma mère fait toujours lorsque Thomas jette par mégarde des couteaux à la poubelle – et me dirige vers la grille. Les gens se mettent à scander de plus belle tandis que je soulève le loquet. Avec la force d'un raz-de-marée, la foule se rue à l'intérieur en me renversant. J'atterris sur le derrière en écrasant au passage une jolie plate-bande de marguerites jaunes et de dahlias.

— Je n'ai rien! Tout va bien, j'ai abîmé mon nouvel ensemble mais à part ça, tout va.

Mes camarades de classe ne m'entendent pas. Je me relève en frottant mes vêtements. Personne ne daigne jeter un œil dans ma direction. Ils foncent droit devant en piétinant le gazon parfait, voulant à tout prix obtenir une invitation.

Fiona se tient derrière la table et observe la scène les bras croisés. Elle est de glace. Elle ne se préoccupe aucunement de ce que les autres pensent. Comme ce doit être étrange d'être dans sa peau.

Lorsque Jérémie me dépose chez moi, j'ai les jambes raides et endolories. Après que j'ai ouvert la grille, Fiona m'a demandé de servir de la limonade aux gens qui faisaient la queue. J'ai donc monté et descendu les marches de marbre sans arrêt pour servir les verres et les ramasser une fois vides. Mais j'ai obtenu ce que je désirais : mon invitation sur DVD est enfouie bien à l'abri dans mon sac fleuri. Et Fiona m'a même souri en me la remettant. « Merci, a-t-elle déclaré, je suis vraiment contente que tu sois là. »

Je venais de prendre une gorgée de limonade quand elle a dit ça et j'ai failli m'étouffer tellement j'étais surprise. Heureusement que Fiona avait déjà filé pour aller parler à une fille aux cheveux blonds très pâles et aux sourcils presque invisibles. Son nom n'était pas sur la liste et elle faisait une crise terrible. Non pas que Fiona s'en souciait.

Elle voulait juste que la fille parte.

— Allô! dis-je en entrant dans la cuisine.

Tout le monde chez moi utilise la porte arrière. Je ne sais trop pourquoi.

— Bonjour ma chérie, dit maman. Elle est assise à la table, occupée à tailler des carottes en allumettes. Veux-tu m'aider à couper des légumes pour ton père?

— Oui, mais j'avais promis à Élise de lui raconter ma première journée à Argenteuil. Je dois d'abord l'appeler. Ça ne sera pas long. Promis.

— D'accord!

Ma mère tord la bouche, en s'appliquant à trancher finement les carottes. Je sais que je ne devrais pas dire cela à propos de ma propre mère, mais elle n'est pas très bonne cuisinière. Je veux dire, c'est à peine si elle peut faire bouillir de l'eau ou trancher un concombre. Par exemple, toutes les carottes qu'elle est en train de couper sont inégales et de tailles différentes. Mais c'est gentil de sa part de vouloir aider.

Je sors de mon sac l'aimant du cours de sciences, le colle sur le réfrigérateur, puis décroche le téléphone sans fil du mur et compose le numéro. Il sonne quatre fois avant que la boîte vocale s'active. *Bizarre*. Je laisse un message et m'assois pour aider maman. Mais je me sens comme un vieux ballon de volley-ball à moitié dégonflé et un peu éraflé. Je voulais parler à Élise de Shanel et Fiona, et de mon sandwich, et de la fête…

— Comment ça s'est passé à l'école? demande maman.

Tu t'es bien amusée avec Shanel?

Je décide de lui épargner les détails. J'adore ma mère, vraiment, mais c'est à Élise que j'ai envie de parler maintenant.

— J'ai été invitée à une fête, dis-je.

— Oh, mais c'est merveilleux! s'exclame maman, le visage radieux.

Comme si se faire inviter à une fête le premier jour d'école était un énorme triomphe. Ce qui est le cas, à bien y penser.

— Que vas-tu porter? demande-t-elle.

— Je ne sais pas trop. Je crois qu'une tenue de soirée sera de mise. Il faut que je regarde l'invitation.

Maman dépose son couteau et passe les doigts dans sa longue queue-de-cheval.

— Où est-elle? Laisse-moi y jeter un coup d'œil.

— En fait, c'est un DVD. Je vais le regarder plus tard.

— Un DVD? fait maman, et de légers plis se forment aux coins de ses yeux. N'est-ce pas du gaspillage?

Pour tout dire, ma mère travaille pour un organisme environnemental sans but lucratif. Elle organise les campagnes de financement et toutes les activités. L'environnement lui tient à cœur. Quand j'étais plus jeune, je racontais souvent que son passe-temps préféré consistait à chercher des moyens d'économiser l'eau.

— Bon... je crois que l'idée derrière tout ça, c'est que le DVD est un article souvenir. Ce n'est pas comme une invitation sur papier qui ne fait que gaspiller du papier pour ensuite se retrouver dans le bac de recyclage.

— Hum.

Maman a l'air sceptique, mais elle n'ajoute rien. Je sens bien qu'elle a déjà des réserves en ce qui concerne la fête.

Après le souper, nous nous rendons à pied à notre crèmerie préférée, le *Délice glacé*, pour prendre le dessert. Au retour, il n'y a toujours aucun message dans la boîte vocale. Comme Élise n'a pas encore appelé, je termine mon expérience avec l'aimant.

Pendant que je tape mes notes à l'ordinateur, un message instantané apparaît enfin dans le coin de mon écran. C'est Élise.

BlondeàMat : T'es là?

Holà! me dis-je. *Mais quand est-ce qu'elle a changé de surnom? BlondeàMat?* Je frissonne.

Lafleur : Salut. On avait rv!??

BlondeàMat : Désolée! Parlé à Mat pendant 4 h, pas vu le temps filer…!!

Mes doigts s'arrêtent sur le bord du clavier. Élise m'a oubliée parce qu'elle parlait avec *Mathieu?* J'ai l'impression d'avoir un trou à la place de l'estomac. Je ne sais plus que dire.

Au bout d'un moment, un autre message clignote à l'écran.

BlondeàMat : Vraiment désolée.

Je fixe le curseur. Il apparaît et disparaît, apparaît, disparaît, attendant ma réponse. Je suis fâchée, c'est certain. Mais ma réaction est peut-être exagérée. Élise a dit qu'elle était désolée... Et nous sommes amies depuis très longtemps.

Lafleur : Ça va.
BlondeàMat : Tu peux parler maintenant?

Je regarde l'heure au coin de l'écran. Il est vingt heures dix. Mes parents ne veulent pas que je parle au téléphone après vingt heures, mais je suis certaine qu'ils feraient une exception pour cette fois-ci. Après tout, c'est ma première journée d'école. Mais je n'ai soudain plus du tout envie de bavarder avec Élise. Ça ne me tente pas.

Lafleur : Demain?
BlondeàMat : Après l'école, à la Cabane?

La Cabane est notre casse-croûte préféré. Il y a de vieux sofas pelucheux et des étagères remplies de livres que les gens empruntent comme s'il s'agissait d'une bibliothèque de quartier. En plus, ils ont le meilleur yogourt fouetté aux framboises de la ville.

Lafleur : Parfait.
BlondeàMat : A+
Lafleur : A+

Je termine mon devoir, puis monte me préparer à aller au lit. Il est tôt mais je suis fatiguée. Tandis que j'enfile mon pyjama préféré – celui avec des nuages cotonneux dans un ciel bleu – Pizza entre dans ma chambre et lève des yeux pleins d'espoir vers mon lit. Comme le plancher de bois franc est un peu glissant, Pizza a de la difficulté à sauter dans mon lit.

— Tu veux monter, ma belle?

Avec douceur, je soulève ma chienne devenue vieille, pour la déposer au pied du lit où elle s'enroule et s'endort aussitôt. *On dirait un pissenlit,* me dis-je en caressant son doux pelage. Je me souviens quand nous l'avons eue. Elle avait trois ans et une énergie folle. Elle passait son temps à courir après sa queue, à pourchasser les moutons ou à supplier qu'on lui lance son Frisbee préféré. Maintenant qu'elle a onze ans, elle n'est plus aussi active. Elle aime surtout se pelotonner sur le sofa. *Mais ce n'est pas grave,* me dis-je en glissant mes doigts dans le long pelage sur ses oreilles. Pizza lève ses yeux bruns endormis vers moi, puis donne un coup de langue sur ma main. Je me penche vers elle, place mon visage près du sien et respire son odeur tiède de chien.

Tandis que je me réinstalle dans mon lit et ferme les yeux, je songe intérieurement : *C'est bon de savoir qu'il y a au moins un être sur terre qui t'aime quoi qu'il arrive.*

CHAPITRE QUATRE

Règle n° 4 de la Ligue :
Quand ça va mal, ça va mal.

— Je n'arrive *pas* à y croire, ronchonne Fiona, le lendemain matin, en se laissant tomber de manière théâtrale sur la chaise derrière la mienne.

— C'est une vraie farce? lance Lucia en attrapant la chaise derrière Fiona. C'est comme… totalement injuste?

— Qu'est-ce qui se passe? dis-je tandis que Shanel se glisse derrière le pupitre à côté du mien.

J'essaie de ne pas me laisser décontenancer même si je suis plus qu'étonnée que la Ligue ait décidé, ce matin, de s'asseoir avec moi. Je ne peux m'empêcher de remarquer que le reste de la classe lance des regards dans notre direction. J'entends même une fille avec des boucles noires indisciplinées dire : « Qui est la nouvelle? ». Ça alors, cinq secondes avec la Ligue ont permis de résoudre mon problème d'invisibilité.

Fiona plisse ses yeux bleus :

— Des parents ont entendu parler de la fête que j'organise.

— Ils se plaignent que leurs enfants n'ont pas été invités, explique Shanel.

Aujourd'hui, ses cheveux blonds sont lissés dans une queue-de-cheval et une mèche couvre l'élastique. Elle a l'air élégante dans sa robe verte courte et ses chaussures de la même couleur. Bien que je porte aussi une robe – une robe chemise sans manches à motifs de tomates – je me sens toujours un peu négligée, à côté de la Ligue.

J'ai passé une demi-heure à sécher ma crinière au séchoir, mais dès que j'ai mis le pied à l'extérieur, l'humidité a rendu mes cheveux crépus. En plus, en me dirigeant vers les marches de l'école, j'ai trébuché et éraflé le bout de ma chaussure droite. Mal à l'aise, je glisse mon pied droit derrière le gauche.

— Ils en ont parlé à Mme Cardinal, la directrice de l'école, et elle a appelé mes parents pour leur « suggérer gentiment » de gâcher ma fête, continue Fiona.

— Elle veut que tu l'annules? dis-je.

— Pire, répond Fiona sur un ton moqueur en pinçant les lèvres comme si elle venait tout juste de prendre une grosse lampée de vinaigre.

— L'école veut que Fiona invite tout le monde? annonce Lucia en roulant ses grands yeux bruns.

Elle porte un corsage bain de soleil brun et une jupe assortie. La couleur fait ressortir ses yeux qui ont l'air encore plus chocolat qu'à l'accoutumée. Elle joue avec le gland de sa pochette Stuart Weitzman.

Je répète :

— Tout le monde?

Shanel approuve d'un signe de tête :

— Tous les étudiants de secondaire I et II.

— Les parents ne veulent pas que leurs petits crétins se sentent mal juste parce que ce sont des bons à rien, jette Fiona d'un ton dur.

— Tu ne peux pas simplement dire non?

Je lui pose la question bien que je ne voie aucun problème à inviter tout le monde de secondaire I et II. À mon avis, ce serait même plus amusant.

— J'ai essayé, mais ma mère a une peur bleue de la directrice, grogne Fiona d'un air dégoûté. Elle a tout de suite cédé.

Au même moment, deux garçons foncent dans la classe. L'instant d'après, la sonnerie retentit et notre professeur, Mme Schmitt, quitte sa chaise pour aller fermer la porte derrière eux. Ceux qui sont en retard n'entrent pas dans la classe, telle est sa politique. Elle les expédie au bureau de la directrice. *Pourquoi faut-il que les professeurs de mathématiques soient beaucoup plus stricts que tous les autres?* C'est ce que je me demande en la regardant se diriger vers la porte.

Shanel se tourne vers Fiona. Elles échangent un long regard, puis Shanel plonge une main dans son sac.

— Tiens, Jacinthe, dit-elle en me tendant une bouteille en plastique de Coke diète.

Ma main devient un peu humide quand je la saisis, car la condensation a rendu la bouteille glissante.

— Euh, merci, dis-je, un peu décontenancée.

Il m'arrive de boire du Coke diète... mais il faut dire

78

que c'est un cadeau plutôt bizarre.

Shanel pointe le menton vers l'avant de la classe où Mme Schmitt secoue la tête en regardant un garçon maigrichon de l'autre côté de la porte, qui la supplie à travers la fenêtre de le laisser entrer. En passant, Mme Schmitt est le sosie de la reine dans le film *Alice au pays des merveilles* de Disney... bien entendu, si la reine portait un affreux ensemble-pantalon au lieu de s'habiller comme une carte.

— C'est pour elle, souffle Shanel. Elle a une dépendance au Coke diète.

Fiona se penche en avant pour murmurer à mon oreille :

— Nous l'avions comme professeur l'an dernier. Fais-moi confiance, donne-lui la bouteille. C'est cinq points de plus à la fin du trimestre. Garanti.

Mon cœur fait un bond.

— Oh, fais-je.

Mon Dieu, me dis-je, *c'est vraiment mon jour de chance!* En tout cas, Fiona semble franchement plus détendue que la veille. Je crois que ça a vraiment valu la peine de lui donner un coup de main pour sa fête. *Et maintenant, voilà que la Ligue me met dans le secret pour gagner des points supplémentaires auprès de Mme Schmitt!*

Je lance un grand sourire reconnaissant à Shanel, m'extirpe de derrière mon pupitre et me précipite à l'avant de la classe.

Mon intention est de simplement laisser la boisson sur le coin du bureau, mais au même moment Mme Schmitt détourne son regard de la porte.

— Qu'est-ce que c'est? demande-t-elle en me jetant un regard renfrogné.

— Euh… une pomme pour le professeur? dis-je à la blague en lui tendant la boisson.

Un petit rire secoue la classe, mais le visage de Mme Schmitt se détend, comme si le nuage venait de passer.

— Ah, dit-elle en allongeant le bras, exactement ce dont j'avais besoin. Merci infiniment, mademoiselle Genêt.

Une vague de soulagement m'envahit. Je me tourne pour faire un grand sourire à Shanel juste comme Mme Schmitt dévisse le bouchon de la bouteille. La boisson *explose* sur-le-champ faisant gicler un liquide sombre et collant qui éclabousse partout. Je le jure, j'ai déjà vu un geyser jaillir, et c'est mille fois pire. La boisson m'arrose le visage et détrempe le devant de l'horrible costume jaune de Mme Schmitt. Elle bafouille sous la pluie de gouttelettes qui aspergent ses cheveux et coulent sur son visage en barbouillant son maquillage.

Finalement, la boisson se calme en émettant un sifflement tandis que, les pieds dans une flaque brune, nous restons là à nous dévisager. Toute la classe éclate de rire. Les yeux de Mme Schmitt lui sortent tellement des orbites que j'ai l'impression qu'ils vont sauter comme des bouchons. Avec son maquillage qui a coulé, elle a l'air encore plus terrifiante qu'à la normale lorsqu'elle se tourne vers la classe en mugissant :

— Silence!

* * *

80

Je frémis lorsqu'elle se retourne vers moi. Je remue les lèvres pour dire « Je ne l'ai pas fait exprès! » mais aucun son ne sort de ma bouche. Tout ce que je réussis à émettre c'est un drôle de son, un genre de hoquet étouffé qui ressemble à « Heurkkk ».

Mme Schmitt me montre la porte du doigt :

— Va chez la directrice, dit-elle entre ses dents.

Je cours à mon bureau ramasser mes livres et mon sac avant de sortir en trombe.

Je retiens mon souffle jusqu'à ce que j'arrive au bout du corridor. Lorsque je tourne le coin, je m'arrête pour prendre une inspiration tremblante. *Qu'est-ce qui vient de se passer?* Des larmes brûlantes se forment sous mes paupières. Mais la réponse saute aux yeux : la bouteille a été secouée quand Shanel l'a transportée dans son sac. *Je vais simplement dire à la directrice que c'était un accident,* c'est ce que la raison me dicte. Lentement, je me dirige vers le bureau administratif. Cette pensée m'aide à me sentir un peu mieux. *Après tout, moi aussi j'ai été copieusement arrosée.* Elle n'aura pas le choix de croire que c'était un accident. Et je présenterai mes excuses à Mme Schmitt plus tard. *D'ailleurs,* me dis-je, *regardons les choses du bon côté...*

Au moins, elle n'a pas dit : « Qu'on lui coupe la tête! »

Je me dis que ce n'est pas si terrible en lançant un essuie-tout mouillé dans la corbeille. Je me suis précipitée dans les toilettes des filles pour réparer une partie des dommages causés par le Coke diète. Ça n'a pas été facile, surtout mes cheveux. Ils étaient collants et crépus; un vrai gâchis! Mais j'ai fait couler de l'eau dessus et trouvé un élastique dans le fond de mon sac pour les nouer. Ils sont donc plus ou moins sous contrôle.

Par contre, il n'y a pas grand-chose que je puisse faire pour mes vêtements. Malheureusement, le tissu de ma robe est blanc avec des motifs de tomates. Sur la partie du haut, les taches couleur cola sont bien visibles. Je me regarde dans le miroir pendant un instant et j'étudie mon reflet : un nez droit un peu trop long, des yeux verts un peu trop écartés, un menton pointu avec une cicatrice en bas à droite, souvenir d'une chute à bicyclette à l'âge de sept ans. Je ne suis pas éblouissante comme Lucia et Fiona, ni même super jolie, comme Shanel. Mais je ne suis pas un laideron non plus. J'aime croire que mon visage a de la personnalité.

— Allons, courage, dis-je à voix haute.

Puis j'inspire profondément et je sors d'un pas résolu des toilettes.

Au moment où je vais entrer dans le bureau administratif, Samuel en sort.

— Salut! lance-t-il en souriant gaiement.

— Salut…

Je sens les battements de mon cœur se répercuter partout dans mon corps; cependant je ne parviens pas à sourire.

— Ça ne va pas? demande-t-il.

D'un geste, je lui désigne mes vêtements.

— Il y a eu… un accident… une explosion impliquant

un Coke et Mme Schmitt, dis-je en guise d'explication.

Samuel pâlit.

— Schmitt... gémit-il, oh, non.

Puis il pousse un petit grognement qui résonne presque comme un rire.

— Est-ce qu'elle...

— A été arrosée? Oui. Son ensemble-pantalon jaune est maintenant tacheté de brun, comme une girafe.

Samuel éclate de rire et moi-même je glousse un peu.

— Oh, j'aurais tant aimé voir son expression, dit-il.

— Oui, moi aussi, mais j'étais trop occupée à regarder ma vie défiler devant mes yeux.

Il fait un large sourire. Je sens que je me détends un peu, ce qui est presque un miracle, vu les circonstances. J'ai été convoquée une seule fois dans toute ma vie au bureau du directeur, et c'était pour participer à la finale d'un concours d'épellation en cinquième année. J'ai perdu à « ornithorynque ».

— Je dois rencontrer la directrice, dis-je à Samuel. Et toi, qu'est-ce que tu fais ici?

Pendant un instant, j'espère que lui aussi a peut-être eu des ennuis et qu'il va me dire que Mme Cardinal est très gentille, et bla, bla, bla...

Mais ce n'est pas le cas.

— Rien d'excitant, répond-il en brandissant une permission de sortie. J'avais un rendez-vous chez le dentiste.

— Moi, je souhaiterais une seule chose : ne pas être dans cet état désastreux, dis-je en baissant les yeux vers ma robe tachée.

— Vraiment? fait Samuel en penchant la tête de côté.

Il ne semble pas penser que je suis si affreuse.

— Tiens, dit-il, en descendant la fermeture à glissière de son gilet à capuchon noir pour me le tendre. Tu peux l'emprunter.

Le gilet, encore tiède, a retenu son odeur – un mélange de savon et d'assouplisseur. Le poids du vêtement dans ma main suffit pour me donner un léger vertige. *Je tiens le gilet de Samuel Lapierre. Il y a à peine trente secondes, il l'avait sur le dos!*

— En es-tu sûr?

— Ne renverse pas de boisson dessus, c'est tout ce que je te demande, dit-il sur un ton taquin. Ou mets-le au lavage, si jamais ça arrive. Alors, à la prochaine?

Il fait un petit sourire et s'éloigne au pas de course.

— Merci! Je vais en prendre bien soin! dis-je en brandissant le gilet.

Tu as l'air d'une vraie idiote, lance la partie intelligente de mon cerveau à ma bouche. Mais ça n'a pas l'air d'ennuyer Samuel. Il me fait un signe de la main par-dessus son épaule, puis disparaît derrière une rangée de casiers.

J'enfile le gilet et remonte la fermeture éclair. Parfait. Le bas de ma robe a été épargné par la boisson gazeuse, et mes chaussures et mon sac sont noirs. Je dirais même que les couleurs s'harmonisent, enfin presque. Et puis, ai-je mentionné que ce gilet appartient au plus beau gars de l'académie Argenteuil, et même de tout l'univers?

— Bonjour ma chouette!

La réceptionniste de l'école a une chevelure blonde au volume impressionnant. Elle porte un rouge à lèvres d'un rose éclatant et s'exprime avec un fort accent acadien. Selon la plaque à l'avant de son bureau, elle se nomme Ginette Gallant.

— Oh, t'es mignonne toi, et regardez-moi cette adorable jupe! Ah, si j'avais vingt ans de moins… et vingt tailles en moins…

— Hmm… merci, dis-je. Euh… je viens voir la directrice, Mme Cardinal.

— Oh, oh! lâche Ginette en relevant d'un air amusé ses sourcils dessinés au crayon. Et qu'est-ce que tu as fait?

La réceptionniste se penche en avant et pose le menton dans ses mains. Elle est tout ouïe.

— J'ai accidentellement aspergé Mme Schmitt avec un Coke, dis-je en grimaçant.

— Oups! laisse échapper Ginette en gonflant les joues. Te v'là dans de beaux draps, non?

Elle me fait un clin d'œil, comme si être dans le pétrin était la chose la plus amusante au monde.

— Et tu as choisi la pire journée qui soit! enchaîne-t-elle gaiement en saisissant un crayon et le téléphone. La directrice sera absente toute la journée, elle assiste à une conférence. Tu devras donc voir M. Dalton, le doyen. Hum, hum.

En secouant la tête, elle compose le numéro du poste à quatre chiffres à l'aide de la gomme à l'extrémité du crayon.

— Bonjour monsieur, j'ai bien peur qu'il y ait ici une agitatrice qui désire vous rencontrer. Oui. C'est d'accord!

La réceptionniste me décoche un sourire réjoui et raccroche.

— Tu peux t'assoir, dit-elle avec entrain, il sera à toi dans un instant.

Je me laisse tomber dans un des luxueux fauteuils de cuir alignés le long du mur et m'installe pour attendre. Au bout de dix minutes, la cloche sonne, annonçant le début d'une nouvelle période. *Super,* me dis-je. *Maintenant, je manque un cours.*

Apparemment, « il sera à toi dans un instant » ne veut pas dire la même chose pour Ginette que pour moi. Finalement, au bout de quarante-sept minutes de longue attente, un homme grand, chauve et moustachu fait son apparition. Il porte une chemise bleue à manches longues et une cravate rayée, mais pas de veston.

— Mademoiselle Genêt?

— Oui, dis-je en sautant sur mes pieds.

— Oui? répète-t-il.

Posant les mains sur ses hanches, M. Dalton incline la tête et me regarde comme s'il ne savait pas ce qu'il allait faire de moi. Je m'essaie à nouveau :

— Hum… oui, c'est moi.

M. Dalton croise les bras sur sa large poitrine. Ses avant-bras sont comme deux jambons géants.

— Il ne manquerait pas quelque chose à cette phrase?

dit-il.

Il manque quelque chose? Est-ce qu'il veut que je dise les signes de ponctuation à voix haute? Je ne sais vraiment pas quoi dire, aussi je jette un regard en coin à Ginette. Je lis un mot sur ses lèvres : « Monsieur ».

— Oh! Oui, monsieur, je m'appelle Jacinthe Genêt.

Le regard de Ginette se pose sur moi, puis sur M. Dalton. Elle secoue la tête en laissant échapper un petit rire discret.

— Suivez-moi, mademoiselle Genêt.

Le doyen tourne les talons et sort à grandes enjambées. Son bureau se trouve de l'autre côté du couloir. Il est joliment décoré : les murs sont couverts d'étagères remplies de livres et de trophées et on y trouve les mêmes fauteuils de cuir moelleux meublant le bureau principal.

— Je suis entraîneur de crosse et de soccer, explique M. Dalton en me voyant regarder un gros trophée argenté.

Il fait un geste vers l'un des larges fauteuils de cuir, m'invitant à m'assoir.

Je m'assois tandis qu'il prend place derrière son bureau. Il saisit un stylo, l'ouvre et le ferme dix fois avec un petit bruit sec, sans me quitter des yeux. Je dois avouer que la combinaison du bruit sec et du regard fixé sur moi me rend un peu nerveuse. Je ne sais plus très bien si je devrais parler ou non. Finalement, je décide que quelqu'un doit dire quelque chose. Je m'éclaircis la voix.

— Mme Schmitt m'a déjà expliqué la situation, déclare M. Dalton en faisant cliqueter le stylo une dernière fois avant de se caler dans son fauteuil. Vous lui avez fait une bien cruelle plaisanterie, mademoiselle.

— Monsieur, je ne voulais…

— Vous avez blessé une enseignante qui offre un excellent service à cette école depuis vingt-quatre ans, poursuit M. Dalton sans prêter la moindre attention à mon intervention. Et j'espère que vous êtes prête à en payer le prix.

J'avale avec difficulté.

— Honnêtement, monsieur, je ne savais pas…

— N'allez pas me dire que vous ne saviez pas! s'exclame le directeur en posant les mains sur son bureau, ce qui fait trembler les photos dans leur cadre en argent posées sur le bord. C'est ça le problème avec l'Amérique! Vous devez accepter les conséquences de vos actes, mademoiselle Genêt!

Il se penche en avant, ouvre et referme son stylo cinq fois et griffonne quelque chose sur un grand bloc-notes jaune.

— Une semaine de retenue après l'école, annonce-t-il.

J'ai le visage en feu.

— Mais… mais, vous ne voulez pas entendre…

Il ne lève pas les yeux de son bloc-notes.

— Ce sera tout pour aujourd'hui. Mme Gallant vous remettra une permission de sortie pour votre prochain cours.

Je reste assise sans bouger pendant un moment, totalement sonnée. J'ai attendu près d'une heure et notre conversation a duré moins de trois minutes. Je me parle :

Ne dis pas que c'est injuste, même si ce n'est pas juste – c'est totalement injuste! Il ne m'a même pas laissée placer un seul mot. Et ne commencez pas, dis-je à mes joues, qui s'enflamment déjà tellement je suis en colère. Je sens ma gorge se nouer et j'ai l'impression qu'un python s'est enroulé autour de ma poitrine et qu'il commence à serrer...

Bien que j'aie les jambes en coton, je me force à me lever et à sortir du bureau. Une fois dans le grand hall, je prends quelques profondes inspirations et cligne des paupières pour éviter que des larmes se mettent à couler.

— Bon, il semble que tu as survécu! lance Ginette lorsque je retourne à la réception.

— Tout juste.

— Hum, fait Ginette qui pince les lèvres en hochant la tête d'un air entendu. Oui, M. Dalton peut parfois se prendre pour le président du comité de désapprobation, j'en sais quelque chose!

Elle laisse échapper un petit rire en me tendant une permission de sortie.

— Quelle est la sentence? Cinq ans de travaux forcés? demande-t-elle avec humour.

— Une semaine de retenue.

Je grimace en tentant d'imaginer comment je vais expliquer la punition à ma mère.

— Une semaine seulement! Eh bien, ma jolie, il doit t'aimer! dit Ginette en souriant gentiment. Je t'assure, il a déjà collé un mois pour une troisième infraction à l'interdiction de mâcher de la gomme. Allez, ouste! File à ton prochain cours.

Elle me lance une chiquenaude du bout de ses longs ongles. Je lève les yeux vers l'horloge au-dessus de la porte. J'ai manqué tout le cours de sciences… je dois donc aller en espagnol. Je soupire. *Bon*, me dis-je. *Je crois que Ginette a raison, ça pourrait être pire.*

Mais je ne m'attends tout de même pas à ce que mes parents comprennent.

CHAPITRE CINQ

Règle n° 5 de la Ligue : Même quand tu en fais partie, tu n'en fais pas nécessairement partie.

— Allô, Élise?

Je mets les mains en porte-voix autour du récepteur téléphonique pour couvrir le vacarme des étudiants juste à côté qui claquent la porte de leur casier ou fouillent dedans en remuant livres et cahiers. La dernière cloche vient de sonner et il me reste exactement sept minutes avant la retenue. Je suis acculée au bout du pavillon des sciences, près du seul et unique téléphone public de l'académie Argenteuil. Le dessus du téléphone est très poussiéreux... ce qui prouve que j'ai raison : je suis la seule personne dans l'univers à ne pas avoir de téléphone cellulaire.

— Écoute, es-tu à la *Cabane?*

Une note de culpabilité se lit dans ma voix. Les étudiants de l'école Langelier finissent quinze minutes avant nous, donc j'imagine qu'Élise est déjà là à m'attendre.

— Jacinthe? Salut! Oui, on est ici! Où es-tu?

91

Elle lâche un petit rire.

— Arrête! laisse-t-elle échapper.

Un instant – elle a dit « on »? Mais je n'ai pas besoin de poser la question.

— Mathieu vient de me lancer le papier de sa paille. Arrête!

Elle continue à rire.

— Viens-t'en tout de suite – ils ont le spécial ananas-noix de coco! m'annonce-t-elle.

Je pousse un grognement. Le yogourt fouetté à l'ananas et à la noix de coco est mon préféré et ce n'est au menu qu'une fois par mois.

— C'est que, je ne peux pas venir, je suis en retenue.

— Quoi? crie-t-elle d'une voix perçante. Oh, vraiment! Qu'est-ce qui s'est passé? Attends...

La voix d'Élise est moins forte, comme si elle avait éloigné le récepteur de son oreille. « Oui, elle va bien. Elle a une retenue. O.K. » Elle doit avoir rapproché le téléphone de sa bouche maintenant parce que sa voix résonne soudain dans mon oreille comme une trompette.

— Mathieu dit que c'est dom.

— Dom?

— Oh, désolée. C'est quelque chose qu'on dit, lui et moi. Dom comme dans *dommage*.

Génial. Alors maintenant ma meilleure amie et son copain s'inventent un langage secret. J'ai l'impression de parler avec quelqu'un d'une autre planète.

— Salut! Jolina et Jules viennent d'arriver! Tu veux les saluer? demande Élise. Hé, venez par ici!

— Je ne peux pas.

Mon estomac se noue tandis que j'imagine mes amis – Jolina, qui a toujours une longue tresse qui descend jusqu'à la taille, et Jules, qui est rond, plein d'entrain et possède une épaisse chevelure rousse – s'assoyant avec Élise et Mathieu. Je les imagine tous riant et buvant des yogourts fouettés à l'ananas et à la noix de coco... sans moi.

— Je dois aller tout de suite en retenue.

— O.K., alors appelle-moi plus tard! gazouille Élise. Salut!

— Salut! dis-je, mais elle a déjà raccroché.

Clic. Je dépose le récepteur, lentement. Je me retourne et marche en traînant les pieds en direction du bureau de M. Dalton et je pense : *Elle ne m'a même pas demandé pourquoi j'avais une retenue. Oh... Elle doit s'être dit que je lui donnerais tous les détails plus tard. Peut-être a-t-elle pensé que je n'avais pas le temps maintenant.*

Ou peut-être s'en fiche-t-elle éperdument.

Ne pense pas comme ça, me dis-je avec fermeté au moment où je donne un petit coup sur la porte en chêne brun foncé de M. Dalton légèrement entrouverte.

— Vous pouvez entrer, répond-il.

J'ouvre la porte et entre dans la pièce.

M. Dalton est là, debout derrière son bureau, dos à moi. Il fait face à la grande fenêtre avec vue sur la cour. Des étudiants sont assis sous les arbres feuillus, déjà occupés à faire leurs devoirs. Plus loin, sur le terrain de jeu, un groupe de garçons se lancent un ballon de soccer à coups de pieds.

— Vous pouvez vous asseoir, mademoiselle Genêt, dit M. Dalton sans me regarder.

Je m'assois dans le luxueux fauteuil qui s'affaisse sous mon poids. M. Dalton ne bouge pas et je me demande si nous allons passer les quatre-vingt-dix prochaines minutes, comme ça, moi assise dans le fauteuil et lui, le nez à la fenêtre, quand la porte s'ouvre grande et quelqu'un fait irruption dans le bureau.

— Est-ce que je suis en retard? demande Miko, qui lève les sourcils en m'apercevant. Salut!

M. Dalton se tourne vers nous. L'air pensif, il lisse sa moustache, puis regarde sa montre.

— Vous avez encore quarante secondes, mademoiselle Ohara, l'informe-t-il.

— Génial! lance-t-elle en se laissant tomber dans le fauteuil à côté du mien.

M. Dalton la menace du regard.

— Je voulais dire « génial, monsieur! » se reprend-elle.

M. Dalton serre la bouche d'un air désapprobateur.

— Ce n'est pas le moment de prendre ses aises, nous dit-il.

Il se dirige vers la porte en nous faisant signe de le suivre.

— Les épreuves de sélection pour l'équipe d'athlétisme ont lieu la semaine prochaine. J'ai donc beaucoup à faire et je n'ai pas le temps de jouer à la nounou, poursuit-il en traversant le hall d'entrée, puis en descendant les marches devant l'école avec Miko et moi à sa suite.

Il nous conduit à la fontaine où se trouve un homme

costaud en combinaison verte qui nous adresse un grand sourire. Il porte des verres épais à travers lesquels ses yeux ont l'air énormes.

— Je me suis donc arrangé pour que vous aidiez Gérardo ici, ajoute M. Dalton en se tournant vers l'homme en question. Elles sont toutes à toi, dit-il avant de s'éloigner, l'air hautain.

Gérardo l'observe un moment. Lorsque le doyen est hors de vue, il se tourne vers nous.

— Miko, dit-il avec un accent mexicain en claquant la langue pour marquer sa désapprobation. Qu'est-ce que tu as encore fait?

— Je me suis fait prendre à rouler en planche à roulettes sur les marches de la bibliothèque, confesse Miko.

Gérardo souffle comme s'il n'était pas surpris.

— Je ne crois pas te connaître, dit-il en me scrutant.

— Je m'appelle Jacinthe.

— Eh bien, ravi de te rencontrer, Jacinthe, lance Gérardo en souriant. Bon, les filles nous devons désherber un peu ces plates-bandes-là.

Il désigne les fleurs colorées contre le mur de pierre qui se dresse devant l'école. L'homme nous tend un outil chacun. Cela ressemble à la longue fourchette que mon père utilise parfois pour le barbecue. Je demande :

— Mais qu'est-ce que c'est?

— Un arrache-pissenlit, explique Gérardo. Quand tu vois une mauvaise herbe, tu dois creuser pour l'enlever et la sortir avec ses racines. Sinon, elle va tout simplement repousser.

Il prend une profonde inspiration et lève les yeux au ciel.

— C'est une journée parfaite pour travailler avec les plantes, non? Vous êtes très chanceuses les filles. Très, très chanceuses. Bon! Je vais chercher du paillis. À mon retour, vous aurez arraché un beau petit tas de mauvaises herbes, ajoute-t-il.

Avec un petit signe de tête, Gérardo pivote et disparaît.

Miko et moi restons plantées là un moment à nous regarder. Des cris nous parviennent des terrains de jeu. Une bande de filles de sixième année nous observent du coin de l'œil en traversant précipitamment la cour. L'une d'entre elles me montre du doigt et chuchote quelque chose à ses amies, puis elles se mettent à rigoler.

— Alors, ça ne semble pas si terrible, dis-je après un moment.

— En effet, convient Miko.

Elle se dirige vers les plates-bandes et s'agenouille près d'une fleur d'un jaune éclatant. Elle se met à creuser pour déloger une plante maigrichonne qui a poussé tout près.

— Gérardo est super, lance-t-elle. Tu pourras commencer à t'inquiéter si Dalton t'inflige une corvée à la buanderie.

Miko frémit en extrayant la mauvaise herbe.

— Quel est le problème avec la buanderie?

Je suis agenouillée à un mètre d'elle. De loin, la plate-bande avait l'air impeccable. Par contre, de près, je peux voir plein de mauvaises herbes qui ont commencé à pousser. Je tire sur quelques plants de trèfle, qui s'arrachent facilement.

Miko pose ses yeux noirs perçants sur moi.

— C'est comme travailler sur la surface du soleil. Il fait tellement chaud que tu as l'impression que ton visage va fondre. Et tu as le nez dans des uniformes d'athlétisme puants. Je te le dis, une coquerelle ne survivrait pas à cette puanteur, s'exclame-t-elle.

— Ouach!

— En plus, Mme Bégin est complètement cinglée, continue Miko en s'attaquant à un pissenlit. Elle te lit des articles dans des tabloïdes sur des extraterrestres qui kidnappent des gens et des garçons chauves-souris qu'on trouve dans des grottes et elle t'oblige à l'écouter.

— On dirait que tu es souvent en retenue, je me trompe?

Miko éclate de rire.

— Je ne suis pas censée rouler en planche à roulettes sur les marches de la bibliothèque... mais quelquefois, c'est juste trop tentant. Et toi, qu'est-ce que tu as fait?

Je lui raconte que j'ai bien arrosé Mme Schmitt.

Miko change de position et s'assoit par terre, face à moi. Elle me regarde creuser pendant quelque temps. Ses cheveux courts noirs brillent au soleil.

— Qui t'a dit de lui donner un Coke diète? finit-elle par me demander.

Je lui avoue que Shanel m'a raconté que le professeur était accro.

— Alors, dit Miko d'une voix lente, tu es allée en acheter une bouteille, puis tu l'as offerte à Mme Schmitt?

¬— Non, Shanel l'avait déjà. Je crois que la bouteille a été secouée dans son sac à main.

— Hum, hum, répond Miko.

Son intonation me pousse à la regarder, mais elle se retourne et continue à désherber. Au même moment, Gérardo arrive dans une voiturette de golf cahotante. L'arrière est rempli de sacs de paillis.

— Me revoilà! claironne-t-il. Et j'ai du paillis de cèdre! Il sent tellement bon, vous allez adorer, les filles! Venez m'aider à décharger les sacs.

Il descend du véhicule et gambade vers l'arrière comme s'il était pressé de plonger ses mains dans le paillis.

Je me relève et me dégourdis les jambes avant d'aller lui donner un coup de main. Les sacs sont vraiment lourds. Gérardo en prend deux à la fois sans difficulté, mais Miko et moi devons unir nos forces pour en déplacer un seul.

Bon, le jardinage sert au moins à une chose, ça me fait faire de l'exercice, me dis-je tandis que Miko et moi transportons un sac vers la section que nous avons fini de désherber.

Et tant que je suis en retenue, je n'ai pas à confronter mes parents.

Je me demande si maman va attendre longtemps avant de parler de ma retenue. C'est ce que je me dis en entrant dans la salle à manger. Thomas est déjà en train de se servir un morceau de poulet mexicain au cacao (on dirait que papa en a finalement assez de la cuisine asiatique) tandis que maman remplit les verres d'eau.

— Te voilà, Jacinthe! Je ne t'ai pas vue de l'après-midi, me dit papa en poussant avec son dos les portes battantes qui mènent à la cuisine, un bol de maïs fumant dans les mains.

— Jacinthe était en retenue aujourd'hui, annonce maman, sur un ton détaché, en dépliant sa serviette sur ses genoux.

Thomas manque de s'étrangler et me regarde avec des yeux ronds comme des boules de billard.

— Quoi? fait papa en s'assoyant, l'air un peu ébahi. Que s'est-il passé?

Je m'empresse de préciser :

— C'était un pur accident.

— Explique-nous donc ce qui est arrivé, suggère maman.

Ainsi, je raconte une fois de plus l'histoire du Coke diète et de Mme Schmitt. J'ai l'impression que c'est la millionième fois que je me répète. Et surtout, j'insiste sur le fait que je ne me doutais pas qu'il allait exploser comme ça.

— Oooh, tout à fait *classique*, lâche Thomas en secouant la tête.

Maman lui lance un regard furieux.

— Quoi? s'écrie-t-il en saisissant son épi.

Il se met à gesticuler comme un chef d'orchestre rondouillard avec sa baguette.

— Mademoiselle-jamais-dans-le-trouble a une retenue

après sa deuxième journée d'école? Épouvantable! chantonne-t-il.

Il me fait une grimace, pouffe de rire, puis mord à pleines dents dans son épi. Papa et maman se jettent un regard en coin. Finalement, papa remonte ses lunettes sur son nez et s'éclaircit la voix.

— Jacinthe, tu es boursière...

— Je sais...

Maman se penche en avant et pointe sa fourchette vers moi.

— Et l'école pourrait révoquer ta bourse n'importe quand, conclut-elle à sa place.

Je soupire.

— *Je sais*, dis-je d'une toute petite voix.

Je tripote le petit morceau de poulet dans mon assiette. Normalement, le poulet mexicain au cacao est mon plat préféré, mais ce soir je n'ai pas beaucoup d'appétit.

Le silence tombe. On n'entend que le tintement des ustensiles sur les assiettes et Thomas qui mâche bruyamment. Au bout de quelques minutes, il s'étrangle encore et prend une autre énorme bouchée de poulet.

— Classique, marmonne-t-il.

Je suis terriblement tentée de lui jeter mon poulet à la tête, mais je me contrôle. Finalement, je demande :

— Alors, allez-vous me punir?

— Oui, murmure Thomas.

— Crois-tu que c'est nécessaire? demande maman qui s'appuie contre le dossier de sa chaise en allongeant le bras pour saisir son verre d'eau.

Je réponds en toute honnêteté :

— Pas vraiment. Je veux dire, c'était un accident. Et on m'a déjà donné une semaine de retenue.

Papa pose les coudes de chaque côté de son assiette et joint l'extrémité de ses doigts.

— Je crois que c'est suffisant comme punition, dit-il.

— Ernest, dit maman en montrant les coudes de papa.

Il s'empresse de les enlever de la table.

— Quoi? s'offusque Thomas. Vous êtes sérieux? Si j'avais eu une retenue, je serais en punition pour une semaine!

Je riposte :

— Toi, si tu avais eu une retenue, ce serait pour avoir piraté le système intercom de l'école afin d'annoncer que le club du crachat avait une réunion à 15 heures.

— Ouais, c'était drôle, conclut-il avec un large sourire.

Il a un grain de maïs coincé entre les deux dents de devant, mais je ne dis rien. *J'espère que le grain va rester pris là jusqu'à demain et que Thomas va faire des grands sourires à tous les professeurs qu'il a eus dans sa vie et à toutes les filles qui ont déjà fait battre son cœur.*

— Est-ce que je peux sortir de table? Je n'ai pas très faim.

Maman fait une moue de compassion. Il est clair qu'à ses yeux l'explosion de la boisson gazeuse était un accident.

— D'accord ma chérie, dit-elle.

J'apporte mon assiette dans la cuisine, puis monte à l'étage en empruntant l'escalier de derrière. Je me lance sur mon lit et attrape le livre que je suis censée lire pour mon cours de français. Il s'intitule *Les Misérables*. C'est un bon livre, j'en ai déjà lu les trois premiers chapitres, mais j'ai de la difficulté à me concentrer. Je relis sans cesse la même page... sans jamais retenir ce qui s'est passé. Je finis par abandonner. Au moment où je remets le livre dans mon sac, le téléphone sonne. Je réponds en me calant dans mon énorme pile de coussins roses et orangés.

— Allô?

— Jacinthe? C'est Fiona.

Pendant un instant, la surprise me cloue le bec.

— Allô? Tu es toujours là?

— Oui, désolée... j'étais juste... (Juste quoi? Trop surprise d'avoir entendu ta voix?) Qu'est-ce qu'il y a?

— Je voulais seulement te dire que j'ai su que tu avais eu une retenue. Shanel se sent terriblement mal. Elle ne savait pas que le Coke allait exploser.

— Je sais.

— Elle a été à l'envers toute la journée, poursuit-elle. Elle voulait dire à Mme Schmitt que tout était sa faute, mais je l'en ai dissuadée. À quoi bon mettre tout le monde dans le trouble, hein?

Je réfléchis un moment. C'est gentil de la part de Shanel d'avoir pris ma défense. Et Fiona a raison sur ce point.

— C'est vrai, à quoi bon.

— En tout cas, comme elle devait aller à une réception avec sa mère ce soir, elle m'a demandé de t'appeler pour te présenter ses excuses. Et pour te parler du devoir de sciences.

Eh bien, c'est vraiment gentil de sa part. Shanel a peut-être raison. Il se peut que Fiona devienne une bonne amie quand on apprend à la connaître.

— Répondre aux questions à la page douze, n'est-ce pas?

J'ai croisé Lambert dans le corridor avant la dernière période. Il m'a mise au courant.

— Non, pas ça, corrige Fiona. Le devoir qui permet d'obtenir des points supplémentaires.

— Des points supplémentaires?

Lambert n'en a pas parlé. *Mais il faut dire que Lambert n'est pas tout à fait du genre à courir après les points supplémentaires.*

— Qu'est-ce que c'est?

— Il paraît que demain, c'est la Journée nationale des sciences, m'informe Fiona avec un petit ricanement. M. Pardo a dit que ceux qui s'habilleraient sur le thème des sciences récolteraient dix points de plus au prochain examen.

— Est-ce que tu vas vraiment le faire?

J'ai comme de la difficulté à imaginer Fiona habillée en système solaire, en rat de laboratoire ou en quoi que ce soit d'autre.

— Eh bien... j'ai toujours le chemisier doré de l'an dernier, quand tout le monde craquait pour le métallique, admet-elle. L'or se trouve sur le tableau périodique des éléments, alors je me suis dit, pourquoi pas? J'ai aussi un sac à main doré et des chaussures assorties.

C'est bien Fiona, transformer un costume sur le thème

103

des sciences en projet de mode.

— Shanel y va pour le platine et Lucia croit qu'elle pourra faire quelque chose avec le cuivre. Mais M. Pardo a dit que tout ce qui a un lien avec les sciences conviendra.

— Qu'est-ce que je devrais être?

Je n'ai pas de vêtement en tissu métallique, des motifs floraux oui…

— Je ne sais pas… le plomb? suggère-t-elle.

— En fait, je crois que j'ai une idée, dis-je en glissant de mon lit.

Je me dirige vers mon placard pour en sortir un chemisier vert et jaune. *Hum, ça pourrait aller.*

— Qu'est-ce que c'est?

— Tu verras demain.

— J'ai trop hâte, répond Fiona.

Le ton de sa voix ne me permet pas d'en douter.

Je raccroche le téléphone et commence à fouiller dans mon tiroir de collants. Puis je sors mes bottes préférées et une jupe que j'ai achetée dans une vente-débarras l'an dernier. *C'est parfait,* me dis-je en examinant l'ensemble. *Maintenant, il ne manque que des cheveux assortis.*

Je me dis que maman a raison en me précipitant dans la salle de bains pour voir ce que je peux trouver. Il faut que je fasse attention – je ne veux pas être mise à la porte d'Argenteuil. C'est l'endroit le plus génial au monde!

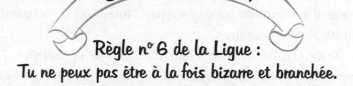

CHAPTER SIX

Règle n° 6 de la Ligue :
Tu ne peux pas être à la fois bizarre et branchée.

Dès l'instant où je descends de l'autobus, j'ai l'impression qu'il y a quelque chose qui ne tourne pas rond.

D'accord, j'aurais dû avoir des doutes lorsque la surveillante de l'autobus m'a regardée comme si je m'étais évadée d'une prison pour criminels aliénés. Et que dire du fait que personne à bord n'était costumé? Mais aucun des élèves de l'autobus n'est à mon cours de sciences, alors je ne me fais pas trop de souci.

C'est en arrivant à l'école que l'inquiétude me gagne.

Postés près de la fontaine, une bande d'élèves de secondaire II me fixent quand j'entre dans la cour. Une grande blonde aux cheveux courts à la garçonne laisse échapper un petit rire et murmure quelque chose à son amie.

Tout autour de moi, ce ne sont que ricanements et chuchotements tandis que je m'approche des marches. Et je constate que tout le monde a les yeux rivés sur mes vêtements. C'est alors que j'aperçois Reine Cotillon. Elle est aussi dans la classe de M. Pardo – sa place est juste en face de la mienne. Et elle porte une jupe écossaise bleue et verte avec un chemisier bleu. Alors... à moins qu'elle ne soit habillée comme une célèbre scientifique très, très à la mode, il est évident qu'elle n'a pas l'intention d'obtenir de points supplémentaires.

O.K., O.K., O.K. Mon cœur me martèle la poitrine. *Tu sais qu'au moins Fiona sera costumée et le reste de la Ligue aussi...* Mais lorsque je passe devant le casier de Shanel, je constate qu'elle porte une jupe à tissu ajouré jaune et un corsage bain de soleil blanc. Aussitôt qu'elle m'aperçoit, sa mâchoire s'ouvre toute grande et elle écarquille tant les yeux que je peux voir le blanc tout autour, comme des œufs sur le plat.

— Oh, mon...

— Où est le platine?

Je lui pose la question même si j'ai la fâcheuse impression de connaître déjà la réponse.

— Qu... quoi? Platine?

Sa bouche se referme d'un coup sec et ses paupières s'abaissent. Et soudain j'entends un grand éclat de rire derrière nous. Je n'ai même pas besoin de me retourner pour savoir que c'est Fiona.

— Oh mon Dieu! s'écrie-t-elle tandis que Lucia derrière son dos tente de ravaler un gros rire en plaquant ses ongles vernis devant sa bouche. Qu'est-ce que tu es censée être?

Je l'examine de la tête aux pieds. Elle porte une robe bleu pâle en coton brossé et des chaussures vertes à motifs floraux bleus. Pas d'or en vu, pas même un bracelet. Aucun costume.

Je me suis fait avoir.

Je suis tellement en colère que je me mets à trembler. Mais je ne veux pas qu'elle sache à quel point je suis fâchée. Pas question de lui donner cette satisfaction.

— Je suis une amibe, et toi, qu'est-ce que tu es censée être? Et j'ajoute pour moi-même : *la pire expérience de laboratoire que l'univers ait tentée depuis Frankenstein?*

Fiona examine mes collants verts, mon chemisier à dessin cachemire vert et jaune et ma jupe verte à motifs extravagants en pouffant de rire.

— Qu'est-ce que tu as fait à tes cheveux?

Je l'informe que c'est une couleur semi-permanente. Il m'en restait de l'Halloween d'il y a deux ans, quand je m'étais déguisée en ananas.

— Ils sont verts, fait-elle remarquer.

— Ouais, et ils font comme, un kilomètre de hauteur? ajoute Lucia. Combien ça t'a pris de temps pour les tirer? Cinq ans?

— Qu'est-ce qui se passe? demande Shanel.

— Mon Dieu, tu ne lui as rien *dit?* s'exclame Lucia, en se tordant de rire à nouveau.

Mais je n'ai aucunement l'intention d'entendre le reste de la conversation. Je tourne les talons et me dirige, l'air hautain, vers mon casier. Je me sens comme une véritable amibe, une vraie de vraie.

— Ne dis surtout rien.

Je viens de prendre place à côté de Lambert. J'ai eu droit à des regards ahuris et à des commentaires toute la journée. J'en ai ras le bol. J'ai passé l'heure du dîner à la bibliothèque où je me suis rendue en engloutissant mon sandwich dans le corridor. Pas question de m'asseoir avec la Ligue.

Mais Lambert ne peut s'empêcher de faire un commentaire :

— Tout un déguisement.

— À qui le dis-tu, fais-je entre mes dents.

J'entends des chuchotements derrière moi, je suis convaincue qu'il s'agit de Fiona et de Shanel. En grinçant des dents, je feuillette le manuel pour feindre de les ignorer.

— Bon, bon, bon!

M. Pardo arrive, une tasse de café en carton grand format dans une main et son livre dans l'autre, si bien qu'il doit se servir de son coude pour fermer la porte.

— Passons à... aïe! Qu'est-ce que nous avons ici? Mademoiselle Genêt, vous pouvez nous expliquer ce choix vestimentaire?

Il regarde mon accoutrement en faisant cligner ses énormes yeux de grenouille et sourit avec l'air de croire que je veux faire une blague pour la classe.

Des rires étouffés fusent d'un peu partout et j'entends Fiona pouffer.

— J'ai voulu souligner la Journée nationale des sciences, c'est pourquoi je me suis habillée en amibe.

M. Pardo est tellement surpris qu'il en échappe son

108

livre de sciences. Il se penche pour le ramasser.

— C'est une célébration des sciences! s'écrie-t-il en posant le livre sur son bureau pour ensuite boire une longue gorgée de son café. Fabuleux, fabuleux! Dix points supplémentaires pour votre prochain examen!

— Quoi? grogne Fïona derrière moi.

Un murmure de protestation parcourt la classe; je suis tout sourire. Finalement, je les ai obtenus mes dix points!

M. Pardo tape une note sur son ordinateur portable.

— Et M. Simon, quel costume portez-vous? demande-t-il à Lambert avec l'air d'attendre quelque chose.

Lambert se fige.

— Euh... fait-il en me regardant, bouche bée, dans l'espoir que je l'aide

— Il est Louis Pasteur, dis-je à sa place.

— Très brillant! s'exclame M. Pardo. Naturellement, Pasteur a mis de l'avant la théorie sur les germes; il s'est assuré que les méchants germes verts avec des cheveux en bataille et des jupes à dessin cachemire n'allaient pas nous attaquer, hein? Ha, ha, ha! Dix points pour vous aussi, M. Simon, ajoute-t-il tandis que ses doigts s'agitent sur le clavier pour enregistrer les crédits.

— Hé! proteste un garçon nommé Pierre-Luc Hamel, assis à l'avant de la classe. Moi aussi, je suis déguisé.

— Et vous êtes censé être qui, M. Hamel? demande M. Pardo en le regardant avec scepticisme.

— Hum... Isaac Newton? risque Pierre-Luc après quelques secondes d'hésitation.

— Alors où est votre pomme? Bien essayé. Non, non.

Mlle Genêt et M. Simon seront les seuls à obtenir des points supplémentaires. Bravo pour eux!

Lambert me regarde avec un sourire rayonnant.

— Tu es un génie! chuchote-t-il.

Puis il se penche vers moi.

— Et tes cheveux verts vont très bien avec tes yeux, ajoute-t-il.

Il me lance un petit sourire puis retourne à son manuel tandis que M. Pardo descend l'écran pour sa présentation PowerPoint.

Son sourire m'a réchauffé le cœur; il a fait jaillir une étincelle de fierté en moi. Je me retourne pour jeter un coup d'œil à Fiona, mais elle est occupée à faire semblant de ne pas me voir. Ses lèvres dessinent un petit trait serré. Cependant Shanel regarde dans ma direction. Ses yeux noisette se posent sur moi, puis sur Lambert pour ensuite se fixer sur l'écran. Je me demande si elle a entendu le compliment de Lambert.

— O.K., tout le monde, annonce M. Pardo en se tournant face à la classe. Le premier contrôle aura lieu vendredi prochain. Je vous recommande donc de commencer à étudier. Nous verrons tout le chapitre un, ainsi que le premier laboratoire, qui est mercredi prochain. N'oubliez pas, préparez-vous bien!

Lambert se penche vers moi tandis que M. Pardo se lance dans la matière au programme de la journée.

— Hé, tu veux qu'on étudie ensemble jeudi prochain avant l'examen? demande-t-il sur un ton plein d'espoir. Un peu d'aide ne me ferait pas de mal...

J'hésite. Je sais que Shanel a un faible pour Lambert. Mais nous allons étudier ensemble, pas sortir. En plus, nous sommes partenaires de laboratoire, il va falloir que nous travaillions ensemble toute l'année.

— Bien sûr, bonne idée!

Lambert me fait un grand sourire.

— Super, dit-il.

— M. Simon, nous aimerions avoir votre attention, lance M. Pardo de son poste à l'avant de la classe. Je suis certain que ce que vous avez à dire à Mlle Genêt peut attendre.

Lambert acquiesce d'un signe de tête et nous retournons à notre travail. Je parviens même à esquisser un sourire. Grâce à M. Pardo et à Lambert, ma journée n'aura pas été un fiasco total.

Peut-être ne suis-je pas une amibe, après tout.

— Ce bruit me donne l'impression que quelque chose s'est agrippé à mon dos et essaie de grimper, dit Miko en grattant la peinture blanche sur la clôture de fer.

Je gratte la peinture aussi et j'abonde dans le même sens :

— Ouais, quelque chose avec des tentacules.

— Et des dents gigantesques, ajoute Miko.

— Et un désir ardent d'aspirer mon cerveau.

Miko éclate de rire. Mais sérieusement, le bruit du métal contre le métal me donne des frissons dans le dos. Jusqu'à présent, la retenue d'aujourd'hui est bien pire qu'hier. D'abord, tous les élèves vêtus de vêtements

111

magnifiques et impeccables, et non pas déguisés en amibes, ne cessent de passer à côté de nous et ricanent en examinant ma tenue. Et puis, il fait chaud. Très chaud. En plus, il y a toute cette peinture à gratter.

— Beau travail, les filles! lance Gérardo, qui arrive par-derrière. Quand vous aurez fini, je pourrai repeindre et ce sera parfait!

Il nous regarde un instant en souriant de toutes ses dents, puis file pour aller tailler les grandes haies devant l'école. Du moins, j'espère que c'est ce qu'il a l'intention de faire avec cette grosse chose qui a l'air d'une scie circulaire électrique.

— Ne te retourne pas maintenant, me prévient Miko au moment où je me remets au travail. Il y a quelqu'un là-bas qui ne te lâche pas des yeux.

Elle regarde au loin vers les terrains devant nous où un groupe de garçons se livre à une partie amicale de crosse.

— Et il n'est pas mal du tout, ajoute-t-elle.

Je laisse échapper un soupir, vers le haut de mon visage, mais ma frange n'a pas bougé, car la sueur l'a plaquée sur mon front.

— Miko, désolée de te l'apprendre, mais beaucoup de gens me regardent aujourd'hui... mes cheveux sont verts.

— Je ne sais pas... chantonne Miko tandis qu'une grosse écaille de peinture blanche tombe à ses pieds. Quelque chose me dit que ça n'a rien à voir avec la couleur de tes cheveux.

Puis elle lâche un petit rire, *ha, ha, ha!* comme si elle savait quelque chose que j'ignore.

C'est avant tout son rire qui me pousse à lever la tête, et ensuite, c'est comme si mon cœur avait vacillé puis était tombé à la renverse. Samuel est planté sur le bord du terrain. Et il regarde dans ma direction.

Quand il s'aperçoit que j'ai levé la tête, il me fait un petit signe de la main.

— Ooooh, fait Miko sur un ton espiègle, on le connaît!

Elle répond à son salut et avant que je puisse réagir, un ballon bleu traverse le terrain et vient s'écraser sur le côté de la tête de Samuel. Miko grimace, puis nos regards se croisent. Je me demande si l'expression sur mon visage est aussi hilarante que la sienne. J'imagine que oui, car elle éclate de rire.

— Oups, fait-elle.

— Il n'a pas l'air blessé, dis-je.

Samuel est reparti comme une flèche sur le terrain en se frottant la tête. Mais il ne regarde plus dans ma direction.

— Alors, qui est-ce?

L'air espiègle, Miko donne un coup de grattoir sur la clôture, produisant une série de sons graves, comme le timbre d'une cloche.

— C'est juste quelqu'un que je connais. Il m'a prêté un gilet hier et il veut probablement le ravoir.

J'ai essayé d'avoir l'air aussi détaché que possible. Mais je vends la mèche en laissant échapper un petit rire idiot à la fin.

— Oh, c'est *juste* quelqu'un, répète Miko d'un air entendu. Je vois.

Elle esquisse un sourire mais ne pose pas d'autres questions.

Au même moment, quelqu'un me tape sur l'épaule.

Derrière moi se trouve une grande blonde ravissante aux longs cheveux et à la peau veloutée. Je suis certaine de l'avoir déjà vue quelque part, peut-être sur la couverture d'un magazine. Comme l'*Hebdomadaire des beautés de ce monde*. Elle porte une jupe écossaise mode avec un polo jaune et des mules jaunes en tissu. Et on dirait qu'elle n'a même jamais *entendu* parler de transpiration.

— Est-ce que tu es une amie de Fiona? me demande l'éblouissante fille.

— Euh...

Comme je ne sais pas trop quoi dire, je réponds à la manière de Lucia :

— Oui?

— Super, enchaîne la fille en faisant glisser une mèche de cheveux lustrés derrière son épaule. Je me demandais ce que tu avais fait pour avoir les cheveux aussi verts.

Pendant un instant, je me demande si elle n'est pas en train de se moquer de moi. Mais elle a l'air réellement intéressée.

— C'est un truc semi-permanent qui s'appelle *Cheveux fous,* tu peux te le procurer au salon Fabio.

La jolie fille sort un petit cahier de son sac à main (en tissu écossais pour aller avec sa jupe) et note l'information.

— Super, alors merci!

Puis elle s'éloigne avec ses cheveux qui flottent dans

son dos.

— Hum, voilà que Virginie Sinclair s'intéresse à tes cheveux, constate Miko en se frottant le menton d'un air songeur. Tu ne passes pas inaperçue, Jacinthe Genêt. C'est la star de la troupe de théâtre de secondaire II.

— Elle n'a pas l'air d'une fille de théâtre, dis-je.

À Langelier, les étudiants en théâtre avaient tous les yeux soulignés à grands traits et des vêtements noirs.

— Elle est dans une phase snobinette, explique Miko. Avant, elle était gothique. Et avant ça, danseuse chic. Elle aime mélanger les genres. On aura peut-être bientôt droit à une extraterrestre branchée, qui sait?

Miko me regarde du coin de l'œil et recommence à gratter.

— En fait, tu ne m'as toujours pas dit pourquoi tu portes ce costume.

— Qu'est-ce qui te fait croire que c'est un costume? Peut-être que je suis tout simplement la cousine de E.T.

Miko se tord tellement de rire qu'elle s'étrangle presque.

— O.K., O.K., O.K., ne dis rien, glousse Miko.

— Non, non, je te raconte. Hier, Fiona m'a appelée pour m'annoncer qu'aujourd'hui c'était la Journée nationale des sciences. Elle a dit que la Ligue allait s'habiller en éléments du tableau périodique, genre argent, cuivre, platine. Elle a aussi raconté que j'obtiendrais des points supplémentaires si je me déguisais.

Miko siffle :

— Hum, elle est rusée. S'habiller en or, c'est juste assez

absurde pour qu'on y croie.

J'approuve d'un signe de tête :

— C'est ce que je me suis dit.

— Elle va probablement te laisser tranquille à partir de maintenant; tu peux respirer.

J'interromps ce que j'étais en train de faire pour la regarder attentivement.

— Qu'est-ce que tu veux dire?

— Fiona adore jouer des tours, répond Miko en déposant son grattoir. Comme cette histoire de Coke diète qui explose, c'est du Fiona tout craché. Elle l'a fait à tout le monde.

Miko hausse les épaules avant d'ajouter :

— Mais j'avoue que te le faire faire à Schmitt, c'était une nouveauté.

— Oui, mais c'est Shanel qui m'a donné la bouteille.

— Ouais, et c'est pour ça que je n'ai rien dit hier, précise Miko en ramenant ses cheveux noirs brillants derrière son oreille, l'air pensif. J'ai cru que ça pouvait être une coïncidence. Mais elle a probablement remis la boisson à Shanel en lui demandant de te la donner. Ton costume d'amibe le prouve.

— Je ne peux pas croire que Shanel me ferait une chose pareille, dis-je en secouant la tête.

Miko détourne le regard.

— C'est difficile de dire non à Fiona. (Miko semble réfléchir quelques secondes.) De toute façon, ajoute-t-elle, ce n'est pas si terrible. Elle a joué un méchant tour à Lucia l'an dernier, juste avant de l'admettre dans la Ligue.

116

Je lui demande ce qu'elle a fait, bien que je ne sois pas certaine de vouloir connaître la réponse.

— Nous étions tous en voyage de camping avec l'école et elle a attendu que Lucia soit dans la douche. Quand Lucia avait les yeux fermés et les cheveux pleins de shampoing, Fiona s'est mise à crier qu'il y avait une couleuvre dans sa cabine. Lucia est sortie en courant...

— Oh, malheur!

Miko hoche la tête.

— Elle avait une serviette éponge jaune, c'est tout.

Je sens que je rougis en imaginant ce que Lucia a dû ressentir.

— C'est tellement... méchant, dis-je

— Méchant? répète Miko, pensive. Non, c'est juste gênant. Fiona devient méchante seulement quand elle n'aime pas quelqu'un. Par exemple, il y a deux ans, elle était amie avec une fille qui avait des super longs cheveux. Fiona s'en moquait toujours. La fille refusait de les couper et elles ont eu une méga chicane à ce sujet. Alors, Fiona l'a invitée à une soirée pyjama chez elle. Pendant que la fille dormait, Fiona lui a coupé sa queue-de-cheval.

Je reste bouche bée. Je n'ai jamais *entendu* quelque chose d'aussi méchant.

— Et Fiona n'a pas été punie?

Miko glisse l'outil sur le poteau, faisant tomber de légers flocons de peinture par terre. On dirait de la neige.

— Elle a perdu son amie, finit-elle par ajouter, si c'est ce que tu veux dire.

Elle se retourne et me regarde droit dans les yeux; son

regard est si intense que j'ai l'impression qu'il me transperce.

— Certaines te diront que Fiona peut être la meilleure amie au monde. Très loyale. Mais si tu veux mon avis, je ne lui ferais pas trop confiance, me confie-t-elle.

Je hoche la tête. D'après ce que je peux voir, Fiona peut être loyale envers une seule personne : elle-même.

Plus tard ce soir-là, alors que je termine un résumé d'une page pour mon cours de français, une petite fenêtre blanche apparaît au bas de mon écran.

Shanel#5 : coucou! c'est Shanel.

Je regarde le curseur clignoter pendant quelques instants, ne sachant pas trop que répondre. Ou même si je devrais répondre. *Je pourrais tout simplement éteindre l'ordinateur,* me dis-je.

Mais une autre ligne apparaît.

Shanel#5 : je n'étais pas au courant pour aujourd'hui, je te le jure.

Je sens mon pouls battre à mes oreilles tandis que mes doigts dansent sur le clavier.

Lafleur : est-ce que tu savais pour le Coke?

Il y a une longue pause, puis la fenêtre réapparaît.

Shanel#5 : oui.

Shanel#5 : et je suis vraiment désolée. vraiment, vraiment, vraiment. mais je pensais que c'était la seule chose à faire pour que F te laisse venir avec nous. elle joue toujours des tours au début, après elle arrête.

Je réfléchis à ce qu'elle vient de dire pendant un moment. J'entends toujours mon cœur battre à mes oreilles, mais le rythme a quelque peu ralenti. O.K., Shanel a participé au premier tour... mais elle ne l'a pas fait pour être méchante...

Ding, mon ordi me sort de mes pensées : un nouveau message apparaît.

Shanel#5 : toujours là?

Lafleur : d'autres tours en vue?

Shanel#5 : non. F est vraiment contente. elle t'a vue parler avec Lambert...

Je roule les yeux. C'est bien Fiona. Elle est toujours contente quand les autres font ce qu'elle veut. Je tape une réponse et appuie sur ENVOYER avant même d'avoir pris le temps de réfléchir.

Lafleur : Lambert ne m'intéresse même pas.

119

Encore une fois, j'attends longtemps avant que Shanel réponde. Elle doit être en train de taper un message vraiment long.

Shanel#5 : Vrai?

Je souris. Pauvre Shanel. Lambert lui plaît vraiment beaucoup.

Lafleur : Vrai de vrai... veux-tu que j'essaie de savoir s'il s'intéresse à quelqu'un d'autre?;-)
Shanel#5 : Non!
Shanel#5 : Non, non, non, s'il te plaît. Promets-moi de ne pas lui dire que je m'intéresse à lui!
Lafleur : Je ne ferais jamais ça, sauf si tu me le demandais.
Shanel#5 : Juré?
Lafleur : Juré.

Elle a l'air tellement paniquée que je glousse un peu. *Peut-être que je pourrais découvrir si Lambert est intéressé sans rien révéler du béguin de Shanel.* Ça vaut la peine d'essayer. Après tout, Lambert n'a rien d'un Sherlock Holmes. Je pourrais probablement être assez subtile pour lui.

Au même moment, maman passe la tête dans l'embrasure de la porte de ma chambre.

— Ça va les devoirs? me demande-t-elle.

— J'ai presque terminé.

Elle remonte ses lunettes sur son nez.

— Il est déjà tard... dit-elle en s'appuyant contre le cadre de porte, l'air fatiguée.

Dernièrement, maman s'occupe de l'organisation d'une vente aux enchères pour son organisme sans but lucratif, et je sais que cela l'épuise.

— Encore dix minutes. Promis.

Maman hoche la tête et s'éloigne. Prochaine étape : faire éteindre l'ordinateur de Thomas. Comme il lui faut au moins quarante minutes, elle doit s'y prendre à l'avance. C'est pourquoi j'étais tellement emballée quand j'ai su qu'Argenteuil offrait un portable à chaque étudiant. Avant d'avoir mon propre ordinateur, je devais m'engager dans une bataille épique contre Thomas juste pour taper un petit travail en sciences sociales.

J'écris un bref message à Shanel.

Lafleur : faut que j'y aille bientôt

Shanel#5 : O.K., vite – qu'est-ce que tu fais samedi? Tu peux venir chez Style? On veut s'habiller pour la fête de F.

Style? C'est la boutique dont la mère de Shanel est propriétaire. J'adorerais aller y faire un tour. En plus, passer du temps avec Shanel – sans Fiona – m'apparaît comme une excellente idée.

Lafleur : génial!

Shanel#5 : rv là-bas à 11 h?

Lafleur : parfait.

Shanel#5 : dac. A+

Lafleur : A+

Je m'arrête un instant pour savourer ce doux sentiment de joie qui m'envahit. O.K., peut-être que le plus difficile est derrière moi. Finis les mauvais tours. Et Shanel qui me propose une sortie. En plus, dans quelques jours, j'irai à une fête super géniale avec mes nouvelles amies.

Il ne me reste plus qu'à décider ce que je vais porter. Je pivote sur ma chaise et fixe mon placard. Je me demande s'il y a quelque chose là-dedans qui pourrait faire l'affaire. Après tout, *Style* est une boutique hyper chère, impossible que je puisse m'acheter ma tenue complète là. Mais peut-être pourrais-je me procurer des accessoires branchés et rafraîchir quelque chose que j'ai déjà…

Je décide qu'il serait préférable de consulter ma conseillère en mode. Il me reste tout de même encore sept minutes avant d'éteindre et Élise connaît beaucoup mieux ma garde-robe que moi.

Lafleur : toc toc

Je peux voir dans ma liste d'amis qu'Élise est en ligne… ou du moins, son ordinateur est allumé. Mais au bout de trois minutes elle n'a toujours pas répondu. Je finis par abandonner. *Elle clavarde probablement avec Mathieu*, me dis-je en soupirant.

Une chance que Shanel me propose une sortie, parce qu'on dirait qu'Élise est en train de disparaître totalement de ma vie.

122

CHAPITRE SEPT

Règle n° 7 de la Ligue :
Plus c'est cher, mieux c'est.

— Désolée, je suis en retard, dis-je dans un souffle en fonçant vers Shanel. À la dernière minute, mon père a accepté de déposer mon frère chez un ami et…

— Pas de panique, dit-elle, tu n'as que huit minutes de retard.

Postée près d'un présentoir rempli de superbes robes aux imprimés éclatants, Shanel me sourit d'un air amusé. Elle est fraîche et radieuse dans sa robe de coton rouge qui ressemblerait à un sac sur moi. Je suis soulagée d'avoir pensé à porter quelque chose de convenable. Habituellement, pour magasiner, j'enfile presto un short et mes vieilles tongs violettes. Mais aujourd'hui, étant donné que *Style* est un endroit classe et que nous irons probablement dîner ensemble après, j'ai décidé de mettre une jupe en denim et une blouse rose sans manche. J'ai quand même l'impression d'avoir l'air défraîchie et terne à côté de Shanel. Mais ce n'est pas grave puisque nous ne sommes que nous deux.

Je prends une profonde inspiration et ramasse la masse de frisottis qui me tient lieu de chevelure pour dégager mon visage. La journée est très humide et j'ai l'air d'avoir une barbe à papa sur la tête. Je tire sur le devant de ma blouse pour la décoller un peu de mon corps et m'éventer avec. La climatisation de *Style* fonctionne à plein régime, l'air est délicieusement frais, sauf que j'attends encore que la fraîcheur fasse effet.

— C'est une magnifique boutique, fais-je en promenant mon regard tout autour.

Le mur du fond est vert pomme tandis que le reste du magasin est d'un blanc éclatant de propreté. À l'avant se trouve un grand comptoir où une jolie femme aux cheveux noirs coupés court et vêtue d'un sarreau également noir aide les gens à essayer des produits cosmétiques. Le long des murs, il y a quantité de présentoirs pleins de magnifiques vêtements, et au centre, des étagères de bois peintes en blanc garnies de chandails en cachemire dans toutes les couleurs de l'arc-en-ciel. Tout est neuf et invitant; même l'air a une odeur légèrement sucrée, comme si la boutique portait un parfum sophistiqué.

— Les robes de soirée sont à l'arrière, m'informe Shanel en se dirigeant vers le mur peint en vert.

Les autres sont déjà dans les salles d'essayage.

— Oh, comme c'est joli, dis-je en allongeant le bras vers une robe de chiffon rose bordée de paillettes.

Mais ma main s'arrête à mi-chemin, au moment où ses paroles pénètrent dans mon cerveau. Un instant... les autres, ai-je bien entendu?

— O.K., dis-moi la vérité, lance la voix autoritaire de Fiona juste avant que la porte de la cabine d'essayage s'ouvre brusquement.

Elle en sort vêtue d'une robe courte en soie verte dont les bretelles se croisent à l'encolure.

— Ne fait-elle pas un peu trop Britney Spears à Las Vegas? demande-t-elle.

Je suis désespérée. Fiona est ici? Bien évidemment. Shanel avait dit que nous allions magasiner pour la fête de Fiona. J'aurais dû me douter qu'elle nous accompagnerait.

Shanel tord un coin de sa bouche :

— Ou peut-être un peu Christina Aguilera en tournée à Tokyo?

Fiona se tourne vers moi.

— Elle te va bien, dis-je, mais elle me jette un regard exaspéré et retourne dans la cabine en claquant la porte derrière elle.

En fait, je trouvais la robe fantastique. Mais mon opinion ne compte guère, semble-t-il.

— Oh, je ne l'ai pas vue, fait une voix plaintive, celle de Lucia, de la cabine à côté de Fiona.

Super. Toute la Ligue est ici. Ma belle journée, seule avec Shanel, vient de tomber à l'eau.

— Jacinthe, je crois que cette robe t'irait bien. Fiona, pourquoi ne laisses-tu pas Jacinthe l'essayer? suggère Shanel.

— Le vert ne lui va pas, soutient Fiona de l'autre côté de la porte. Elle aura l'air encore plus pâle. Pas de couleurs vives pour elle.

125

Shanel roule les yeux, mais ne proteste pas. Elle saisit plutôt une robe jaune pâle sur le présentoir et la suspend à la porte d'une cabine inoccupée.

— Est-ce que tu aimes celle-ci? me demande-t-elle en extirpant du présentoir la robe rose que j'avais contemplée. Elle ira très bien avec ton teint.

— Et toi, tu n'essaies rien?

Shanel secoue la tête :

— J'ai ma robe depuis des mois – j'accompagne ma mère en voyage quand elle fait des achats pour sa boutique, j'ai trouvé ma tenue à Paris.

— Super, fais-je, en partie à cause de Paris, en partie à cause de la robe bleu pâle que Shanel a dans les mains.

On dirait une œuvre d'origami, avec ses plis créant des formes structurelles géniales. C'est une robe qui tombe au genou, sans manches. Je ne peux m'empêcher de toucher un des plis du corsage tandis que Shanel l'accroche à la porte de la cabine.

— Qu'en pensez-vous? demande Lucia qui vient de sortir de sa cabine dans une robe noire de style déesse lui dénudant une épaule.

La robe en plissé accordéon moule parfaitement sa silhouette.

— Fabuleux, commente Shanel.

Et j'acquiesce d'un hochement de tête.

— C'est vrai? dit Lucia.

Ses prunelles foncées brillent. Elle fait une pirouette.

— Je l'adore, s'exclame-t-elle, juste comme ça, sans point d'interrogation.

— Laissez-moi voir, insiste Fiona en sortant de sa cabine dans une robe dorée, style années 20.

Un froncement apparaît entre ses sourcils tandis qu'elle regarde Lucia d'un œil critique.

— Ça va, finit-elle par dire, mais le noir est un peu ennuyant.

Lucia a l'air anéantie.

— Nous avons la même en bordeaux, s'empresse d'ajouter Shanel.

— Essaie-la, ordonne Fiona.

Shanel court chercher la robe tandis que Lucia retourne furtivement dans sa cabine d'essayage.

Je décide de m'y mettre. Je prends donc les trois robes et entre dans la petite salle. Il y a un miroir sur chaque mur, un large banc coussiné pour s'asseoir et une petite table sur laquelle sont disposés un panier de bonbons à la menthe et plusieurs petites bouteilles d'eau. Magnifique.

J'enfile la robe rose. mais je n'ai même pas besoin de la montrer aux autres pour savoir qu'elle ne me va pas du tout. On dirait que je me prépare à passer une audition pour le rôle d'un bonbon dans *Casse-noisette*.

J'essaie la suivante, la jaune pâle. Mais je me sens comme un œuf dedans. Je la retire et me glisse avec précaution dans la robe origami bleue. Elle est superbe sauf que les plis disparaissent, cachés par ma chevelure crêpelée en botte de foin. Je sors une pince à cheveux de mon sac, enroule ma crinière et la fixe derrière ma tête. Voilà. C'est beaucoup mieux.

Quand je sors de ma cabine, Shanel a le souffle coupé.

— Tu es superbe! s'exclame-t-elle.

Elle est aux côtés de Lucia qui est tout à fait ravissante dans la version bordeaux de la robe de déesse. (Je déteste l'admettre, mais Fiona avait raison au sujet de la couleur – le rouge-violet foncé met vraiment en valeur la couleur chaude des yeux de Lucia). Lucia hoche la tête.

— Ouais, tu es très élégante? ajoute-t-elle. J'aime beaucoup tes cheveux comme ça?

Mon corps est secoué d'un agréable frisson. J'ai l'impression de flotter... je ne me suis jamais sentie aussi jolie.

— Fiona! crie Shanel en frappant à grands coups sur la porte de sa cabine. Viens voir Jacinthe!

Avant que j'aie le temps de filer dans ma cabine, Fiona fait son apparition dans une robe orangée à la jupe boule et au corsage ajusté. La couleur rend ses cheveux noirs extra brillants. Lorsqu'elle me voit, elle pose un doigt sur son menton, s'appuie contre le cadre de porte et prend un air renfrogné. Puis, elle lève le doigt et dessine un cercle dans les airs.

— Tourne, m'ordonne-t-elle.

Je m'exécute lentement avec l'impression d'être un insecte qu'on examine sous la loupe. *Elle déteste,* me dis-je. *Je vais passer toute la journée à essayer des robes et Fiona va détester chacune d'entre elles...* Ce n'est pas du tout comme cela que j'avais imaginé la journée.

Mais lorsque je reviens face à elle, Fiona fait quelque chose que je n'avais jamais vu chez elle : elle sourit. Je parle ici d'un sourire authentique, il n'a rien de faux ni de méchant. Et ma foi, elle est très jolie quand elle sourit.

— C'est parfait, annonce-t-elle. C'est ce qu'il te faut. Tu as l'air magnifique, Jacinthe. Cette robe te va à merveille.

— Elle te va comme un gant, s'extasie Shanel en tirant un peu sur l'ourlet pour le mettre bien droit.

— On dirait qu'il faut absolument que tu l'achètes? renchérit Lucia.

Je me regarde dans le miroir. *C'est vraiment parfait*, me dis-je. La robe souligne ma taille et donne l'impression que j'ai des courbes et le tissu un peu brillant donne une teinte rosée à ma peau. Je n'avais pas l'intention de m'acheter une robe, mais j'ai apporté tout mon argent (cadeau d'anniversaire et gardiennage), juste au cas, ce qui fait trois cent vingt-six dollars. *Je pourrais bien dépenser environ cent dollars.*

Je jette un coup d'œil sur l'étiquette de prix.

Et je manque de m'évanouir.

— Elle coûte quatre cents dollars! dis-je d'une voix entrecoupée en levant les yeux vers Fiona.

— Et alors? demande-t-elle.

— Elle n'en coûte pas quatre cents, rectifie Shanel en montrant du doigt une élégante affichette disposée au-dessus du présentoir. Il y a trente pour cent de rabais.

Elle coûte quand même deux cent quatre-vingts dollars.

— Mais c'est comme une grande aubaine? s'exclame Lucia. C'est une robe Louise Stillton!

— Et elle est en soie, ajoute Shanel, tu pourras la porter après.

— Tu veux dire, si je suis invitée à la cérémonie des Oscars? dis-je en rigolant.

Mais sans blague, quand aurai-je une autre occasion de porter une robe semblable? Je veux garder un peu d'argent pour m'acheter des vêtements décontractés, pour porter à l'école.

— Tu ne trouveras rien de *convenable* pour moins cher, lance Fiona.

Et sur ce, elle tourne les talons et ferme la porte de sa cabine. Point final.

Je me tourne vers Shanel dans l'espoir qu'elle m'appuie, mais elle se mordille la lèvre en réfléchissant.

— Écoute, dit-elle à voix basse, je pourrais demander à ma mère d'enlever encore dix pour cent. Mais, sérieusement, cette robe est parfaite. Et il n'y a pas de fête comme ça tous les jours.

— Ça va être une méga fête, rappelle Lucia, tu ne veux pas être plus belle que jamais?

Je soupire. Elles ont raison. La robe est superbe. Si j'achète cette robe, je vais totalement m'intégrer au reste de la Ligue. *Tu as l'argent*, me dis-je. *Pourquoi ne pas faire une folie… juste une fois?*

Dans le miroir, je peux voir le visage de Shanel au-dessus de mon épaule. J'y lis de l'espoir et aussi peut-être un peu d'inquiétude. *Elle ne veut pas que tout ça se transforme en une autre grosse dispute avec Fiona,* me dis-je. *Et elle a peut-être raison.*

— D'accord, je la prends.

* * *

130

— Qu'est-ce qui se passe?

Lorsque j'arrive chez moi, quelques heures plus tard, Élise est dans le salon, assise sur le sofa, en train de regarder un DVD. Il s'agit de *Fais pas ça!* une comédie très ordinaire que nous avions regardée ensemble l'an dernier. C'était plutôt drôle, mais de là à le regarder de nouveau... Et que fait-elle là, chez moi... sans moi... à regarder ça. Mais quand elle lève les yeux, je vois qu'ils sont rouges et gonflés. Elle laisse aussi échapper un petit reniflement pathétique. L'humeur grincheuse dans laquelle m'avait mise la séance de magasinage avec la Ligue se dissipe aussitôt.

— Est-ce que ça va?

— Ton frère m'a laissée entrer, explique Élise en se mouchant avec un bruit de trompette. Il a dit que tu allais arriver bientôt ... j'espère que ça ne t'ennuie pas, ajoute-t-elle en appuyant sur PAUSE.

Les acteurs se figent à l'écran.

— Bien sûr que non, dis-je en laissant tomber mon sac près du sofa.

Je m'assois à côté d'elle.

— Qu'est-ce qu'il y a?

Sa voix tremble un peu.

— Mathieu et moi, on a cassé, gémit-elle.

Elle se mouche à nouveau.

— Oh, Élise, c'est terrible, dis-je en lui passant un bras autour des épaules pour la serrer dans mes bras.

Élise hoche la tête. Des larmes roulent sur ses joues.

— C'était tellement inattendu, tu sais. Tout allait super

131

bien et puis soudain, on s'est querellés à propos du fromage...

— Du fromage?

Je me demande comment on peut arriver à se quereller à propos de fromage. Élise me regarde d'un air exaspérée.

— C'est à n'y rien comprendre. Je lui ai dit quelque chose sur sa façon de mastiquer et ça a déraillé. (Elle inspire péniblement.) Je voulais juste... un peu de compassion et d'encouragements.

Quand elle lève ses grands yeux remplis d'eau vers moi, je fonds littéralement. Je le sais, c'est horrible, mais à ce moment-là, je suis tellement contente d'avoir retrouvé mon amie que je me sens presque, enfin, un petit peu... un tout petit peu contente que ce soit fini entre elle et Mathieu. Je ne veux pas qu'Élise soit malheureuse, naturellement. Mais c'est bon de se rappeler qu'Élise et moi sommes de très bonnes amies – et qu'elle a besoin de moi. Tout comme moi, j'ai besoin d'elle.

— Je suis très contente de te voir, dis-je.

— Ouais?

Élise esquisse un sourire malgré la tristesse qui se lit dans ses yeux. Je laisse échapper un soupir. En mettant mes pieds sur la table basse, mon orteil fait basculer une petite pile de DVD comiques posée dessus. Élise en a apporté toute une série. Il est évident qu'elle a l'intention de passer l'après-midi avec moi, ce qui me réjouit au plus haut point.

— Ouais, dis-je, j'ai des problèmes avec une fille à l'école, elle s'appelle Fiona. Elle est très...

132

— Fiona, répète Élise. C'est le nom de la serveuse qui nous a servi nos yogourts fouettés à Mathieu et moi, l'autre jour. Ses yeux se remplissent de larmes à nouveau.

— Oh.

Je ne sais pas comment réagir à ce commentaire. Est-ce que je devrais continuer avec mon histoire?

— On s'amusait tellement, poursuit Élise, mais sa voix se brise.

O.K., oublions Fiona, me dis-je. Élise n'est pas en état d'entendre parler de mes problèmes, ce que je comprends parfaitement.

— Hé! Toi ma chère Élise, tu as besoin d'un petit remontant. Que dirais-tu d'une crème glacée?

— Oh, ce serait parfait, répond-elle, sincèrement reconnaissante.

— Reste assise avec ton film, je reviens dans une seconde, O.K.?

Je m'extirpe du sofa pour me précipiter dans la cuisine. Je lui crie, en sortant un carton presque plein du congélateur :

— On a la saveur fudge à la menthe.

Je sais que c'est sa préférée.

— Parfait! crie-t-elle à son tour.

J'en sers deux bols et j'ajoute de la sauce au chocolat dans celui d'Élise, comme elle l'aime. Mais quand je reviens dans le salon, elle est au téléphone.

— Oui? dit-elle d'une voix enjouée. Moi aussi. Oh, moi aussi! Je sais. Je sais!

Elle laisse échapper un petit rire et me fait un clin d'œil.

Je dépose son bol sur la table et prends une bouchée de ma crème glacée.

— C'était stupide, reprend-elle. Ouais. Où es-tu? Vraiment? Super! O.K. O.K. O.K. Moi aussi. O.K. O.K. Salut!

Elle rabat son téléphone avec un petit bruit sec et avant que j'aie la chance de parler, elle annonce :

— C'était Mathieu! Il s'excuse totalement!

— C'est vrai? Génial!

— Il est au *Délice glacé*, dit Élise en se tamponnant rapidement les yeux. Il veut que j'aille le retrouver pour qu'on discute.

— Oh! fais-je en jetant un coup d'œil à son bol sur la table; la crème glacée a déjà commencé à fondre.

— Ça ne te dérange pas, hein? demande Élise qui a saisi ma main et la serre. C'est très, très important.

Que puis-je dire? *Bien sûr* que je voudrais qu'elle reste. Mais elle a l'air tellement exaltée et contente…

— Je comprends parfaitement, dis-je.

— Tu es fantastique, lance Élise en s'approchant pour me donner une accolade.

C'est un peu bizarre parce que mon bol de crème glacée est entre nous deux.

— Merci beaucoup, ajoute-t-elle.

Élise se lève et se dirige vers la porte, puis se retourne soudainement.

— De quoi ai-je l'air? demande-t-elle inquiète.

Comme elle a pleuré, son mascara a disparu, mais Élise n'a pas vraiment besoin de maquillage. Sa peau couleur chocolat est parfaite et ses méga longs cils sont tout aussi

134

attrayants sans mascara. Elle porte un short kaki et un corsage bain de soleil jaune, ce qui est contraire à son habitude. Normalement Élise coordonne soigneusement ses vêtements. Elle a dû partir vite ce matin. Mais ce n'est pas important.

— Tu as l'air splendide!

Elle me lance un sourire reconnaissant.

— Tu es tellement une bonne amie, dit-elle.

— C'est ce que je dis à tout le monde.

En riant, Élise ouvre la porte.

— Je t'appelle, lance-t-elle.

Elle me fait un petit salut de la main avant de disparaître. Je saisis la télécommande et je m'installe devant la télé, en soupirant. *Tant pis*, me dis-je, en prenant une autre cuillérée de crème glacée, je n'ai rien de mieux à faire.

— Salut, qu'est-ce que tu fais? demande Thomas en entrant dans le salon. C'est *Fais pas ça!* Monte le volume, cette scène-là est tordante.

Il saute par-dessus le sofa et je monte le son. À l'écran, un adolescent court dans tous les sens pour essayer d'attraper un poulet en fuite. Thomas se tord de rire, puis désigne la crème glacée à moitié fondue dans le bol sur la table :

— Tu vas la manger?

— Non, sers-toi. Elle a été abandonnée.

— Élise est partie? Qu'est-ce que tu fais?

Je lève le menton vers l'écran.

— Je me remonte le moral après avoir dépensé deux cent quarante dollars.

— Quoi? s'exclame Thomas sur un ton perçant.

Il m'arrache la télécommande des mains et appuie sur PAUSE.

— Mais qu'est-ce que tu as *acheté*? Une voiture?

— Ça te ferait trop plaisir. Non, une robe, dis-je en ricanant.

— Une robe?

Thomas me regarde avec cet air bien à lui qui veut dire « es-tu tombée sur la tête? » : sourcils crispés, lèvres relevées qui touchent presque son nez et yeux de crapaud. C'est quelque chose.

— *Une* robe? Mais qu'est-ce qu'il t'a pris?

— Je suis invitée à une fête et on m'y a... disons... un peu poussée, dois-je admettre.

— Toi? s'étonne Thomas en plongeant sa cuiller dans la crème glacée pour engloutir une grosse bouchée. Comment f'est parrivé? demande-t-il en se tordant les lèvres dans tous les sens pour la déguster.

— Je ne sais pas. Ma nouvelle école est tellement bizarre.

Comme mon bol est vide, j'allonge le bras pour prendre une cuillerée dans celui de Thomas, mais il éloigne ma main avec une tape.

— C'est à moi, dit-il.

Il éloigne le bol d'un geste brusque et penche tout son corps au-dessus pour protéger la crème glacée. (M. Générosité, c'est mon frère.)

— Qu'est-ce qui est si différent dans cette école? demande-t-il.

136

— C'est que… c'est comme si je ne connaissais pas les règles, dis-je en secouant la tête. J'essaie toujours de comprendre comment faire pour m'intégrer. Et j'ai l'impression que cette fête est l'occasion ou jamais.

Thomas réfléchit un instant. Finalement, il avale sa crème glacée.

— Je peux voir la robe? demande-t-il curieux.

— O.K.

Je me lève avec un soupir. Je sors la robe de son sac et la place devant moi en la maintenant à hauteur d'épaules.

Thomas pince les lèvres, puis pose ses énormes pieds sur la table. La cuillère dans son bol vibre.

— Elle est *super*, déclare-t-il.

— Je sais, dis-je en la pliant avec soin pour la remettre dans le sac. Deux cent quarante beaux dollars!

— Ça pourrait aussi être deux cent quarante méchants dollars, fait observer Thomas.

Mon frère, le philosophe, me dis-je tandis que nous nous calons tous les deux dans le sofa pour finir de regarder le film.

CHAPITRE HUIT

Règle n° 8 de la Ligue :
Dans le doute, fais semblant.

— Qu'est-ce qu'un ferrofluide encore?

Lambert se mord la lèvre, les yeux braqués sur les cartes-éclair que nous sommes en train de préparer pour étudier en vue de notre premier examen de sciences.

— En gros, c'est un liquide magnétique, dis-je.

Il laisse échapper un soupir de frustration; son toupet blond se soulève un court instant avant de retomber en place.

— Alors, qu'ils l'appellent comme ça et qu'ils arrêtent de me compliquer la vie.

— C'est ce qu'ils ont fait, en quelque sorte. Fluide veut dire solution, évidemment. Et *ferrus* est le mot latin pour fer, qui subit la force d'attraction des objets magnétiques.

Lambert me lance un regard sans expression.

— Et c'est censé m'aider?

J'étouffe un rire, puis j'arrête sous l'œil sévère de la bibliothécaire. Nous sommes assis à une table au fond de la bibliothèque Roy, joyau de l'académie Argenteuil. C'est

138

un tout nouvel édifice circulaire de quatre étages, très sophistiqué, doté d'un haut plafond en voûte. Des fenêtres sur toute la hauteur occupent environ le tiers du mur de chaque côté de l'entrée tandis que le reste est meublé d'étagères en bois blond, de simples tables et chaises de style moderne et raffiné ainsi que d'élégants terminaux informatiques. C'est ici que parfois mon père préfère venir faire ses recherches. Il dit qu'il y a d'excellentes ressources.

— Je n'arrive pas à comprendre pourquoi mon cerveau n'enregistre pas cette information, se lamente Lambert en parcourant la pile colorée de cartes-éclair. Si tu n'étais pas ma partenaire de labo, je raterais probablement ce test. Je vais peut-être le rater quand même, ajoute-t-il après coup.

Quelque chose dans sa façon de dire ça me fait rire. Je trouve Lambert de plus en plus attachant.

C'est facile de comprendre pourquoi Shanel l'aime tant. *Shanel…*

Hum…

L'heure est peut-être venue de les rapprocher.

— Tu ne vas pas le rater. D'ailleurs, euh… il y a plein d'autres personnes avec qui tu pourrais étudier. Comme Shanel. Elle est très bonne en sciences, aussi.

— Pas aussi bonne que toi, répond Lambert en inscrivant quelque chose au dos de sa carte-éclair ferrofluide.

— Non, c'est faux! Et…

Quoi d'autre? Que dire? O.K., sois subtile, me dis-je.

— ... et elle a de très jolis cheveux, tu ne trouves pas?

— Oui, ils sont pas mal brillants, dit-il en penchant la tête de côté.

Pas mal brillants? Bingo!

— Oh, et elle peut être complètement hilarante aussi. L'autre jour, par exemple, elle a dit quelque chose de tellement drôle...

— Ouais? fait Lambert en s'inclinant en travers de la table. Quoi donc?

Bon, super. Je viens de mettre les pieds dans le plat. Bien sûr que Shanel n'a pas vraiment dit quelque chose de drôle. J'essayais simplement de l'intéresser à elle.

— Oh, il fallait y être, mais c'était à se tordre.

— Ouais, elle peut être drôle, dit Lambert.

Double bingo! Tout se déroule tellement bien, je ne peux plus m'arrêter.

— Alors... est-ce, euh, est-ce que tu vas à la fête chez Fiona?

— Certainement, répond Lambert.

Il s'appuie contre le dossier de sa chaise et fait tourner un crayon entre ses doigts.

— Ce sera l'événement de l'année, ajoute-t-il.

— J'ai entendu dire que beaucoup y allaient en couple.

D'accord, en fait de subtilité, on repassera. Mais si j'arrive à faire en sorte que Lambert invite Shanel, je serai un vrai génie! Premièrement, Shanel aura un rendez-vous avec le gars de ses rêves et elle voudra probablement être mon amie jusqu'à la fin des temps. Deuxièmement, Fiona devra composer avec la situation! Moua, ha, ha, ha, ha! Je suis tellement emballée par mon plan diabolique que j'insiste.

— Alors, tu as pensé à inviter quelqu'un?

Lambert soulève une épaule, puis la laisse retomber.

— Je ne sais pas... je n'y avais pas pensé...

Est-ce que je devrais lui dire d'inviter Shanel? Serait-ce briser ma promesse?

— Hé! pourquoi on n'y va pas ensemble? propose Lambert.

Pendant un instant, j'ai l'impression que ses paroles ont été brouillées ou qu'il parle une langue étrangère ou quelque chose du genre.

— Quoi? dis-je d'une voix étranglée.

— Ce serait amusant, dit Lambert.

Il dépose son crayon et se penche vers moi.

— Tu ne crois pas? De toute façon, tu y allais, non?

Avec ses yeux bleus fixés sur moi, j'ai l'impression d'être un papillon qu'on vient d'épingler sur le mur.

Oh.

Non.

Mille pensées m'assaillent à la fois : *Comment faire pour refuser? Comment pourrais-je accepter? Mais qu'est-ce que j'avais dans la tête? Shanel va mourir! Vraiment subtile, ma vieille! Pourquoi me suis-je mêlée de tout ça? Je suis faite!*

— Je...

J'ai la bouche complètement sèche. Mais ce n'est pas comme ça que les choses étaient supposées se passer! Pas du tout!

Lambert détourne les yeux, une légère rougeur monte

de son cou.

— Ce n'est pas grave, dit-il précipitamment. Si tu ne veux pas…

Sans réfléchir, je bafouille :

— Non, non! Ce serait super, bien sûr!

Je me sens rougir aussi. *Mais qu'est-ce que tu as fait?* hurle une partie de mon cerveau. *Qu'est-ce que je pouvais faire d'autre?* répond l'autre sur le même ton. Puis, je lâche un petit rire nerveux qui me donne l'air complètement stupide.

Lambert semble soulagé.

— Génial! lance-t-il. O.K., alors je passerai te chercher vers 19 heures?

— C'est parfait, dis-je.

C'est un pur mensonge, bien évidemment.

La situation ne pourrait pas être plus imparfaite.

Wiiiiiir, scraaaaap, tonktonk : voilà le bruit que j'entends en sortant de la bibliothèque. Miko saute de sa planche à roulettes et soulève l'arrière afin de l'attraper avec sa main.

— Je croyais que c'était interdit de faire grincer les roues d'une planche sur les marches de la bibliothèque!

Elle se retourne et me regarde.

— J'aimerais procéder à une arrestation par un simple citoyen, lui dis-je le sourire fendu jusqu'aux oreilles.

— Je ne roulais pas sur les marches, soutient Miko, mais sur le muret autour des plates-bandes.

—Gérardo va t'étrangler s'il te voit, dis-je en m'assoyant

sur les marches que le soleil a rendues tièdes.

Miko fait un brusque mouvement d'épaules.

— Seulement si je culbute dans les fleurs, mais j'essaie de tomber du côté du béton.

Elle coince sa planche sous son bras, grimpe me rejoindre et époussette la marche avant de s'asseoir. Avec sa jolie blouse de tricot turquoise à capuchon et ses leggings noirs, elle est la planchiste la plus propre et la plus féminine que j'aie jamais rencontrée.

— Alors, ça va? s'informe-t-elle.

Je roule les yeux.

— Quoi, ne me dis pas que tu es déprimée parce que notre petite histoire de retenue est terminée? plaisante Miko.

— Non, c'est que...

— Quoi? insiste Miko en penchant la tête de côté.

— C'est que, il y a un garçon qui m'a invitée à la fête, il est gentil et tout, mais je ne tiens pas à y aller avec lui. Et je dois porter cette robe très chère, ce qui est un gaspillage total. Bref, je commence à croire que cette fête sera d'un ennui total.

Un frisson me secoue le corps.

— Et puis, je ne sais même pas pourquoi j'y vais.

— Hum! fait Miko.

Elle pose sa planche à roulettes en équilibre sur ses genoux et s'incline vers l'arrière en s'appuyant sur ses coudes.

— Cette fête... ce ne serait pas... par hasard... celle organisée par Fiona Von Steig?

Je me penche en avant et cale mon menton dans mes poings.

— C'est bien ça.

— Ah, fait Miko en hochant la tête.

Elle se mordille la lèvre inférieure, l'air pensive.

— Et la robe, reprend-elle, est-ce que Fiona l'aurait choisie pour toi... par hasard?

— Plus ou moins, dis-je. Comment le sais-tu?

Un long moment s'écoule.

— En fait, je connais très bien Fiona, finit-elle par dire. Nous avons déjà été de très bonnes amies.

— C'est vrai?

J'essaie de les imaginer amies, mais c'est plutôt difficile, je ne les ai jamais vues se regarder, même de loin.

— Je ne peux rien faire pour ton problème avec le garçon, mais j'ai peut-être une solution pour ta robe. Tu as un crayon?

— Bien sûr.

Je tire un stylo à bille et un bloc-notes de mon sac à dos et les lui tends.

— L'endroit n'est pas loin d'ici, dit-elle en gribouillant une adresse. Dis-leur que je t'envoie.

Je jette un coup d'œil sur la page en reprenant le bloc-notes.

— *Divine*?

— Ça l'est tout à fait, m'assure Miko.

Je regarde l'adresse en fronçant les sourcils.

— Ce n'est qu'à quelques coins de rue de chez moi.

— Tu n'as donc aucune excuse de ne pas y aller.

144

J'entends un klaxon. C'est mon père, au volant de notre mini fourgonnette.

— Il faut que j'y aille.

— Bonne chance, me dit Miko.

Elle hoche la tête en direction du bloc-notes dans ma main.

— Merci, dis-je en le glissant avec soin dans mon sac. Hé! est-ce que tu vas à la fête de Fiona?

— Je ne voudrais surtout pas manquer ça!

— Super.

J'ouvre la portière côté passager d'un coup sec et monte à bord. Nous nous éloignons tandis que Miko ramasse sa planche et descend les marches. Elle va s'attaquer encore une fois au muret autour des fleurs, aucun doute là-dessus.

— Alors, ta journée s'est bien passée? demande papa alors que nous roulons.

— Pas mal du tout.

Je sors le bloc-notes de la poche extérieure de mon sac et vérifie à nouveau l'adresse que Miko m'a donnée.

— Hé, papa? Ça t'embêterait de me déposer à quelques coins de rue de la maison?

Une clochette en argent tinte joyeusement lorsque je franchis le seuil de la boutique *Divine*. À gauche, des tables bistrot et un petit comptoir qui offre café et biscuits. À droite, plein de présentoirs garnis de vêtements. Un escalier en colimaçon mène au deuxième étage où sont disposés avec soin encore plus de vêtements, chapeaux et sacs attendant qu'on les examine. *Pourquoi est-ce que Miko m'a envoyée ici?* C'est un endroit intéressant, oui bien sûr, mais les vêtements ont l'air plutôt chers.

Une femme en tailleur Chanel noir et blanc est postée devant le comptoir de vêtements et ses longs ongles pianotent sur le verre.

— Comment vas-tu, ma chérie? dit-elle d'une voix traînante.

— Ce sera tout, madame Pellan? demande la fille derrière le comptoir en souriant gaiement.

Ses cheveux d'un magnifique brun-roux descendent jusqu'à la taille et elle semble avoir le même âge que moi. Je lui trouve un air familier, mais je n'arrive pas à me souvenir où je l'ai déjà vue.

— C'est tout jusqu'à la saison prochaine, répond Mme Pellan en tirant sur le gros diamant qu'elle porte à l'oreille. Ses cheveux blonds lui font comme un casque sur la tête, c'est la même coiffure que les vieilles dames de notre église semblent adorer... sauf que Mme Pellan n'a pas une seule ride.

— D'accord, dit la fille en finissant de remplir un reçu pour le remettre à la dame. Nous vous appellerons dès que tout sera vendu.

— Merci, ma chérie, lance Mme Pellan. Elle fait un clin d'œil à la fille, puis se dirige tranquillement vers la porte.

— Attendez! Vous avez oublié vos vêtements! dis-je.

Mme Pellan me jette un drôle de regard, puis éclate de rire.

— Oh, très drôle! Allez, au revoir!

146

Elle ouvre grand la porte et sort.

Je me tourne vers la fille aux cheveux auburn derrière le comptoir, qui est occupée à accrocher une élégante veste brodée sur un cintre. Je lui demande :

— Est-ce qu'elle vient les chercher plus tard?

La fille incline la tête, comme si elle ne comprenait pas très bien ce que je dis.

— Nous sommes une boutique de consignation, m'explique-t-elle. À la fin de chaque saison, tous les membres de la haute société apportent leurs vêtements. Lorsque nous les vendons, nous leur remettons la moitié de l'argent.

Ses yeux bruns pétillent.

— Remarque qu'elles n'en ont pas vraiment besoin, ajoute-t-elle.

— Eh bien, dis-je en promenant mon regard autour de la boutique, impressionnée.

Je me sens un peu bête.

— C'est le plus beau magasin d'occasions que j'aie jamais vu, dis-je en regardant les planchers en marbre.

La fille se met à rire.

— Nous préférons le terme « boutique de revente », précise-t-elle. Je peux t'aider?

— Euh... je cherche une robe...

— Décontractée ou de soirée?

— De soirée, mais sans froufrous.

— Nous en avons de magnifiques par ici.

La fille quitte sa place derrière le comptoir et m'entraîne à l'arrière de la boutique. Elle porte une robe très design aux motifs géométriques.

— Je m'appelle Kiwi, en passant.

— Kiwi?

— En fait, c'est Caroline, explique Kiwi. Mais comme mon petit frère n'arrivait pas à prononcer mon nom, il a été un peu... modifié.

— Moi, c'est Jacinthe.

— Contente de faire ta connaissance, dit Kiwi en sortant une robe violette d'un présentoir. Que penses-tu de celle-ci?

Je fronce légèrement les sourcils en me rappelant l'interdiction de Fiona concernant les couleurs vives.

— Je crois que je préfère quelque chose de moins... intense. En termes de couleurs.

— D'accord.

Kiwi remet la robe en place, fait glisser quelques cintres, puis me tend une robe tubulaire vert menthe.

— Et celle-ci?

— Jolie, dis-je en la prenant pour admirer la délicate broderie perlée à l'encolure. L'étiquette de prix originale y est encore attachée, fais-je remarquer.

— Beaucoup l'ont encore, déclare Kiwi en tirant deux autres robes du présentoir. Les femmes qui viennent ici sont des maniaques de magasinage. Elles ont plus de vêtements que d'occasions pour les porter. Que penses-tu de ces deux-là?

Dans sa main droite, elle tient une magnifique robe en taffetas beige et dans la gauche, une robe bleue avec des plis origami. J'en ai le souffle coupé.

148

— Je viens d'acheter cette robe chez *Style*! Exactement la même!

— C'est vrai? s'étonne Kiwi, l'air impressionnée. Tu dois avoir déboursé une jolie somme.

— À qui le dis-tu! dis-je en lui prenant la robe des mains. C'est la même taille!

Je retourne l'étiquette-prix.

— Oh! incroyable… soixante dollars?

Je flotte. Je pourrais acheter cette robe et retourner l'autre chez *Style*. Même pas besoin de l'essayer. Exactement la même robe… pour le quart du prix! *Miko, tu es mon idole.*

— Chanceuse, me lance Kiwi. Dommage que nous n'ayons pas ma taille.

Elle croise les bras sur sa poitrine.

— Ton visage m'est familier… serais-tu dans mon cours d'espagnol?

— Ah, c'est ça. C'est là que je t'ai déjà vue!

Je ne peux pas croire que je ne l'ai pas reconnue. J'ai remarqué Kiwi dès le premier jour d'école. Chaque jour, elle porte une tenue différente super intéressante. Je parie qu'elle achète ses vêtements ici.

— Tu es assise à l'arrière, dis-je.

— C'est que… Senora Almovar a…

Elle se penche vers moi.

— Un problème de contrôle de volume, murmure-t-elle avec humour.

— C'est vrai. J'ai toujours l'impression qu'elle crie directement dans mon crâne. Mais dis-moi, comment as-tu obtenu ce travail?

— Oh, je travaille ici pratiquement depuis toujours...
mes parents sont propriétaires de la boutique.

Elle replace les autres robes sur le présentoir.

— As-tu besoin d'autre chose? Des accessoires? Nous
venons de recevoir toute une série de belles chaussures –
quelques Christian Louboutin qui sont toujours dans leur
boîte. Et de beaux bijoux.

D'un pas rapide, elle se dirige vers une vitrine et me
désigne un collier de pierres brillantes bleu pâle et vert.

— Parfait!

— Tu veux regarder les sacs à main? demande Kiwi.
Quelqu'un vient d'apporter un *Prada* qui serait parfait avec
ta robe.

Je n'arrive pas à y croire. Il y a à peine cinq minutes, je
n'avais plus un sou et je chantais le blues de la robe qui
ruine. Et maintenant, j'ai une robe *et* un montant d'argent
convenable à dépenser. *Je parie que je peux acheter tout
pour moins de la moitié du prix que j'ai payé pour la robe
chez Style. Alors pourquoi ne pas me procurer un sac élégant?
Je devrais peut-être même choisir des vêtements pour
l'école.*

— Kiwi, montre-moi tout ce que tu as!

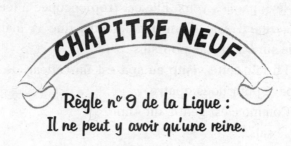

CHAPITRE NEUF

Règle n° 9 de la Ligue :
Il ne peut y avoir qu'une reine.

Shanel, je voulais que tu saches que Lambert et moi allons à la fête en amis. Voilà ce que je me répète mentalement tandis que la manucure me lime les ongles. Son porte-nom indique qu'elle s'appelle ANNE. *Il ne s'intéresse pas du tout à moi et, en passant, il a dit que tu avais des cheveux très brillants…*

Je jette un coup d'œil à Shanel, qui est assise tout près. Ses cheveux blonds lui font un rideau devant le visage, je ne peux donc pas voir son expression. Mais je me sens nerveuse, car c'est à peine si elle m'a adressé la parole depuis que nous sommes arrivées au spa. Je tiens absolument à lui parler de Lambert mais comme elle est assise entre Lucia et Fiona, j'ai décidé d'attendre qu'elle soit seule.

Anne, la manucure, interrompt le file de mes pensées.

— Vous allez toutes à la fête? demande-t-elle en appliquant une première couche transparente sur l'ongle de mon index par petites touches précises.

— Ouais, c'est l'anniversaire de Fiona.

Je hoche la tête en regardant dans la direction de Fiona, qui ne lève pas les yeux. Elle est trop occupée à feuilleter un magazine *Vogue* d'une main tandis que la manucure travaille sur l'autre. Je poursuis :

— En fait cette visite au spa est un cadeau de Lucia. Elle a payé pour nous quatre.

— Comme c'est gentil, dit Anne.

— Je sais.

Honnêtement, j'ai failli m'évanouir quand j'ai reçu un courriel de Lucia m'invitant au *Luxe* pour une séance de manucure avec le reste de la Ligue. C'est le spa le plus cher en ville. Normalement, je n'aurais même pas les moyens d'y mettre le bout de l'orteil. Pendant un instant, j'ai craint qu'il s'agisse d'une autre blague, mais quand je suis arrivée, la femme derrière le comptoir m'a expliqué que les parents de Lucia avaient tout payé à l'avance (pourboire inclus). Je n'avais qu'à me détendre et à profiter de ma journée. Elle m'a ensuite offert un verre de limonade fusion mangue et m'a invitée à faire un voyage sensoriel pour choisir la lotion à mains que je désirais. Le décor est bleu et or, et il y a d'énormes lustres de cristal partout. C'est magnifique. Je commence à comprendre combien c'est amusant de faire partie de la Ligue.

Comme on dit, c'est un privilège de membre.

— Une couleur? me demande Anne.

— Oh, euh…

— Par-là, dit-elle en désignant un présentoir derrière son épaule.

152

Je me lève pour aller me planter devant les centaines de couleurs. Il y a plus de nuances de rouge, prune, beige, rose et taupe que j'aurais pu imaginer. *Quelle est la différence entre Vent du Sahara et Sable d'oasis?* me dis-je en parcourant les étiquettes. Ils ont l'air tout à fait identiques, à mes yeux.

J'aperçois alors un autre présentoir; il est plus petit et disposé plus bas, vers la droite. C'est là que se trouvent toutes les couleurs amusantes : vert sauterelle, jaune tournesol, nuit noire avec des brillants, maïs bleu...

Hum, maïs bleu...

— Il faut que je te parle, chuchote Shanel qui vient d'apparaître derrière moi.

Elle ne m'a pas regardée en parlant. Elle fixe le présentoir de nuances de rose devant elle.

— Il faut que je te parle aussi. Écoute, je...

Mon cœur galope dans ma poitrine.

Shanel plante ses yeux dans les miens.

— Ma mère m'a dit que tu avais retourné la robe hier soir, dit-elle. Est-ce vrai?

Je bafouille :

— Qu... Qu... Quoi?

— La robe bleue que tu as achetée pour l'anniversaire de Fiona. Maman dit qu'elle a été retournée à la boutique.

— Je... Je.... Oui, mais...

— Jacinthe, pourquoi faut-il que tu te rendes la vie difficile? dit Shanel sur un ton sec.

Elle enroule ses doigts autour de mon bras. J'ai l'impression d'être coincée dans un étau.

— Ne t'inquiète pas, je…

— Oui, je suis inquiète, O.K.? rétorque Shanel. Les choses commençaient à bien aller. Fiona s'habituait à toi, Lucia t'a invitée aujourd'hui, et maintenant…

Je sens la moutarde me monter au nez.

— Qu'est-ce que ça peut faire la robe que je porte? C'est mon choix, non?

Shanel plisse les yeux.

— Tu ne comprends pas, Jacinthe, il n'y a pas que toi que ça concerne! Si tu viens à la fête dans une robe que Fiona n'aime pas, tu vas me compliquer la vie.

— Shanel, dis-je d'une voix plus douce, est-ce que la robe est si importante que ça?

Lorsqu'elle se tourne vers moi, je constate que ses yeux se sont remplis de larmes.

— Je sais à propos de Lambert, siffle-t-elle entre ses dents. Tu avais dit que tu ne l'aimais pas!

— Qu'est-ce qui se passe ici? demande Fiona en se dirigeant vers le présentoir. On a du mal à choisir sa couleur?

Shanel relâche mon bras et cligne des yeux rapidement pour faire disparaître les larmes.

— Euh… oui, bafouille-t-elle. Jacinthe m'aidait à choisir entre *Tutu rose* et *Poussière d'étoiles*.

Elle pointe du doigt deux nuances de rose identiques.

— Oh, *Poussière d'étoiles* contient beaucoup trop de rose, déclare Fiona. Prends *Tutu rose*, tu ne peux pas te tromper.

— C'est ce que je me disais, admet Shanel en prenant

le flacon sur le présentoir.

— Je pense que je vais prendre la même chose, dit Fiona en souriant. Écoute, Jacinthe, j'ai une faveur à te demander.

— J'ai manqué quelque chose? s'informe Lucia.

Ses yeux tombent sur le petit flacon entre les doigts de Shanel.

— Est-ce que c'est *Tutu rose*?

— Nous allons toutes prendre la même chose, décide Fiona.

— De quelle faveur s'agit-il?

Je commence à être impatiente. J'aimerais vraiment que Fiona et Lucia s'éloignent afin que je puisse parler à Shanel et lui expliquer la situation par rapport à Lambert.

— J'ai besoin d'aide pour un tour de magie, explique Fiona en jouant avec une teinte bourgogne foncé.

Elle fronce légèrement ses lèvres brillantes.

— En arrivant à la fête, tous les invités seront regroupés devant une scène. J'ai embauché un magicien pour faire un tour où j'apparais dans une boîte en verre. Mais il y a un petit problème...

Lucia poursuit avec les détails.

— Le magicien est, genre, poilu? Et il sue énormément et il est affreux? Et il porte une moustache?

— Je me demandais si tu pourrais faire le magicien, conclut Fiona. C'est facile... tu n'auras qu'à recouvrir la grosse boîte en verre d'un tissu de velours. Ensuite, j'entrerai dedans par une trappe dans le plancher, puis tu enlèveras le tissu pour me laisser sortir.

— On aura l'impression qu'elle est apparue de nulle part? dit Lucia. Ce sera vraiment super!

— Normalement, je ne te demanderais pas ça, avoue Fiona en remettant le flocon bourgogne en place. Mais Lucia et Shanel seront occupées à vérifier la liste d'invités...

— Il n'y a aucun problème, ça me semble amusant.

Je me suis empressée d'acquiescer parce que ça semble vraiment amusant. En plus, je veux montrer à Shanel que je n'essaie pas de faire la difficile...

— Génial, lance Fiona. Je te montrerai quoi faire dès ton arrivée. Ce n'est pas compliqué. Je suis certaine que même toi, tu réussiras.

Elle ramène ses longs cheveux sur une épaule et s'éloigne, la démarche hautaine.

Shanel me lance un regard d'avertissement par-dessus son épaule tandis qu'elle et Lucia emboîtent le pas à Fiona pour regagner leur place. Je soupire. O.K., les choses n'ont pas du tout fonctionné comme prévu. Je n'ai pas eu une seule chance de parler de Lambert...

— C'est une couleur tellement originale, commente Anne lorsque je m'assois face à elle.

Je baisse les yeux vers le flacon que j'ai entre les mains. J'ai complètement oublié que je tenais toujours le vernis *maïs bleu*. J'hésite un moment. Toutes les autres ont choisi *Tutu rose*...

Oh, tant pis. J'aime le bleu.

— Il va avec ma robe, dis-je en guise d'explication en lui tendant le flacon.

Maintenant j'ai deux choses à expliquer à Shanel : Lambert et la robe. Ça devient extrêmement compliqué de faire partie de la Ligue.

Être membre donne peut-être des privilèges, me dis-je, *mais aussi des problèmes.*

— Qu'est-ce que tu en penses? dis-je à Pizza en étalant du brillant à lèvres transparent sur mon rouge à lèvres rose. Trop brillant?

Pizza penche sa tête de côté. Le bout de ses oreilles blanches se balance comme pour dire : « Est-ce que j'ai l'air de connaître quelque chose à la mode? » Je caresse l'arrière de son cou crépu. Toute contente, elle se frotte contre mon mollet. Je lui murmure :

— Je ne me rappelle plus pourquoi je voulais tant aller à cette fête.

J'ai essayé de joindre Shanel toute la journée, mais elle ne répond pas au téléphone.

Indifférente à mes problèmes, Pizza se dirige d'un pas tranquille et un peu raide vers le petit lit que je lui ai fait dans un coin. Elle s'étale en travers et s'endort presque aussitôt.

Au même moment, ma porte s'ouvre grande.

— Il y a un dix-huit roues devant la maison qui vient te chercher, annonce Thomas. Hé…

Il a penché la tête de côté. Il ressemble étrangement à Pizza, quelques minutes auparavant. Tu as l'air… pas pire, lâche-t-il.

De la part de mon frère, c'est tout un compliment.

— C'est vrai? Tu penses que mes cheveux sont bien?

J'ai fait un chignon bas, mais j'ai laissé quelques mèches autour de mon visage. Je ne sais pas si ça me donne un petit air romantique ou si la moitié de mes cheveux ont l'air d'avoir été électrifiés.

— Je t'ai déjà fait un compliment, rétorque Thomas, n'en demande pas trop.

Puis il disparaît dans le couloir en traînant les pieds.

J'attrape mon sac à main vert (un sac style polochon de taille moyenne... pas aussi gros que ce que je transporte normalement, mais assez grand pour tous mes articles essentiels) et me dirige vers le salon. Debout près de la table basse, Lambert bavarde avec ma mère. Dès que j'arrive, ils cessent de parler et Lambert m'adresse un sourire rayonnant.

— Oh, Jacinthe, tu es magnifique! s'exclame maman.

— Ta robe est superbe, approuve Lambert.

Il a lui-même l'air super dans son smoking. Il porte également une ceinture de smoking verte et le nœud papillon assorti.

— Tiens, c'est pour toi, dit-il, en me tendant une boîte en plastique.

À l'intérieur se trouve une orchidée d'un violet éclatant.

— Merci, dis-je. Ne sachant pas trop que faire avec, je me tourne vers ma mère.

— C'est une boutonnière, explique-t-elle. Tu peux le porter sur ta robe ou à ton poignet.

— C'est très joli, dis-je en sortant la fleur à laquelle est fixé un élastique. Hé, crois-tu que je pourrais la porter à la cheville?

— Ce serait fantastique, répond-il avec un grand sourire.

Je retire ma chaussure et passe mon pied dans l'élastique. Parfait; cela me fait un joli bracelet de cheville.

— Tu es prête? demande Lambert.

— Oh, laissez-moi prendre quelques photos, supplie ma mère.

Elle s'exécute puis nous sortons.

J'ai le souffle coupé quand je vois ce qui nous attend à l'extérieur. C'est un Hummer blanc allongé. Thomas avait raison; on aurait vraiment dit qu'il y a une semi-remorque stationnée dans l'entrée.

— Pas mal, hein? fait Lambert avec fierté tandis que le chauffeur nous ouvre la portière.

— La banquette arrière est aussi grande que ma chambre à coucher.

Lambert se met à rire, mais je ne plaisante pas. C'est énorme. Il y a même une télévision haute définition.

— Tu veux un Coke ou quelque chose d'autre? offre Lambert en ouvrant une porte en bois qui révèle un réfrigérateur.

— J'ai peur de le renverser sur moi, dis-je en me calant dans le luxueux siège en cuir. Si jamais il y a une bosse sur la chaussée...

— Pas bête.

Lambert qui avait pris un Dr. Pepper le remet au frigo.

Pendant une minute, nous ne trouvons rien à dire ni

159

l'un ni l'autre. Le silence s'installe. Je peux entendre le bourdonnement des pneus. Puis je montre du doigt une télécommande :

— Qu'est-ce que c'est?

— Oh, c'est pour la télévision, répond-il. Et pour ça.

Il la pointe vers le toit, un panneau s'ouvre.

— Un toit ouvrant!

Je me lève sur le siège et sort la tête par l'ouverture. Lambert fait de même.

— Je me sens comme un chien, dit-il tandis que le vent nous fouette le visage.

Des gens sur le trottoir regardent le Hummer passer avec ses deux têtes flottant sur le toit.

Puis, nous nous laissons retomber sur nos sièges en riant.

— Je n'avais jamais fait ça avant, dit Lambert.

— Et moi, je n'étais jamais montée dans une limousine avant.

— Sérieux?

Lambert a l'air ahuri, ce qui est plutôt drôle considérant qu'il vient tout juste de voir ma maison. Je veux dire, c'est évident que nous ne sommes pas riches.

— Pas même avec Shanel ou quelqu'un d'autre? demande-t-il.

C'est vrai. J'avais oublié qu'elle et Fiona se font conduire tous les matins dans la limousine des parents de Lucia.

— C'est que, nous ne nous connaissons pas depuis très longtemps.

Lambert s'agite sur son siège.

— Est-ce… est-ce que tu sais si elle ira accompagnée à la fête? demande-t-il.

— Je ne crois pas, dis-je. Mon pouls me martèle les tempes. Pourquoi?

— Oh, c'est que…

Il rougit un peu.

— Tu as un faible pour Shanel? L'excitation rend ma voix criarde. On dirait un perroquet.

— Non, s'empresse-t-il de répondre.

Il laisse échapper un *pffff* puis ouvre la porte du réfrigérateur. Il semble soudain se souvenir qu'il avait décidé de ne pas boire de boisson gazeuse et referme la porte. Il me regarde, l'air penaud.

— Peut-être un peu, dit-il au bout d'un moment.

— Mais pourquoi ne lui as-tu pas demandé de t'accompagner à la fête?

Lambert réfléchit quelques instants, l'idée fait son chemin en lui. On dirait que ça ne lui avait jamais effleuré l'esprit.

— Je pensais que ça se passait juste entre amis, laisse-t-il finalement tomber.

— Lambert! fais-je d'un ton taquin en lui donnant un petit coup sur l'épaule.

— Crois-tu que… (Lambert est devenu deux tons plus rouges.) Crois-tu que tu pourrais te renseigner pour savoir si elle s'intéresse à quelqu'un d'autre?

Bien sûr, ma promesse de ne rien dire est la seule

chose qui me retient de crier : *Elle t'aime, voyons!* Mais je ne dis rien. Je lui promets de parler à Shanel pendant la fête.

Je n'attends que ça!

— Je n'en reviens pas, dis-je à Lambert à voix basse en déambulant sur le tapis rouge.

Des lanternes de papier sont suspendues à l'auvent au-dessus de nos têtes et une file de gens s'est déjà formée à l'entrée. C'est drôle, je reconnais à peine mes camarades de classe. Tous sont tirés à quatre épingles; je suis éblouie.

— Détends-toi, veux-tu? lance Lucia d'un ton irrité.

Un garçon en smoking blanc s'agite au-dessus de son épaule alors qu'elle regarde sa planchette à pince.

— O.K, tu peux y aller, lui dit-elle à la fin.

Elle le laisse franchir la corde de velours.

— Voici ton macaron VIP, dit Shanel en le remettant à une fille vêtue d'une robe rose courte à paillettes. Tu pourras t'en servir plus tard et te placer au premier rang pour le spectacle d'Éloquence.

Shanel est adorable dans sa robe blanche sans bretelles. Le corsage est ajusté et perlé, et le bas descend en diagonale comme des pétales.

Oubliant complètement qu'elle est en colère contre moi, je la salue de la main.

— Shanel!

Elle lève les yeux vers moi. Puis elle jette un regard furtif vers Lambert et replonge le nez dans sa liste en

162

fronçant les sourcils. Ma gorge se serre.

— Fiona voulait que je dise quelque chose à Shanel à propos des macarons VIP, dis-je à Lambert. Je reviens tout de suite.

— O.K, tu as tout ce qu'il te faut, dit Shanel à un grand gars lorsque je m'approche.

Aussitôt qu'il est assez loin pour ne rien entendre, je chuchote :

— Shanel, il faut que je te parle.

— Tu ne vois pas que je suis occupée, répond-elle d'un ton brusque.

— Ça ne prendra que quelques secondes.

Je l'attrape par le coude et l'entraîne loin de son poste.

— Lâche-moi, dit-elle en se débattant.

— D'accord, mais il faut que tu m'écoutes. Lambert et moi, nous sommes amis. Point à la ligne. Il m'a même dit en chemin qu'il avait un faible pour quelqu'un d'autre.

Le visage de marbre de Shanel s'adoucit un peu.

— Pour qui? murmure-t-elle.

— Pour toi, évidemment. Ça fait longtemps que je te le répète.

— C'est vrai? fait-elle d'une voix aigüe. Jacinthe, si tu me mens...

— Je ne mens pas! Je ne te ferais jamais ça, O.K.? Je ne suis pas comme ça.

Shanel reste plantée là quelques instants. Et soudain, elle m'attire vers elle pour me serrer dans ses bras de toutes ses forces.

— Merci, chuchote-t-elle. Je suis réellement désolée de

m'être emportée, c'est que…

— Ce n'est pas grave. Alors qu'est-ce que tu vas faire maintenant?

— Je ne sais pas, dit Shanel en jetant un coup d'œil dans la direction de Lambert. Elle repose ses yeux immédiatement sur moi.

— Peut-être que Fiona… commence-t-elle.

— Oh, *Fiona*, dis-je en roulant les yeux.

— Excusez-moi? Ça fait déjà quelques minutes que j'*attends*…

Une fille de secondaire II vêtue d'une robe fourreau noire claque ses doigts dans notre direction. Shanel fait un petit signe de tête.

— On se reparle plus tard, chuchote-t-elle. Tu es superbe, en passant.

Elle s'empresse de regagner son poste. Je me mords la lèvre, puis la suis d'un pas traînant. Je n'arrive pas à croire que Shanel se soucie à ce point de ce que pense Fiona.

Juste avant que j'atteigne la file, quelqu'un me tape sur l'épaule.

— Jacinthe?

C'est Samuel, dans un complet gris… et il a l'air tout simplement adorable. Je crois que je vais me mettre à fondre quand il m'adresse un sourire.

— Tu es ravissante, dit-il. J'adore ta boutonnière de cheville.

— Merci… Moi aussi, dis-je d'une voix frémissante. Euh… je ne parle pas de ta boutonnière, fais-je avec empressement en réalisant ce que je viens de dire.

Ses lèvres s'épanouissent en un large sourire et, pendant une seconde, c'est comme si tout autour disparaissait...

Au même moment, il y a un mouvement dans la file et Lambert vient se placer à mes côtés.

— Ah, te revoilà! dit-il. Puis il se tourne vers Samuel en lui tendant la main.

— Salut, je m'appelle Lambert.

Surpris, Samuel cligne des paupières. Son regard passe de moi à Lambert, puis se repose sur moi.

— Oh, salut, répond-il en serrant la main de Lambert tandis que son sourire disparaît. Je, euh... je viens d'arriver, j'imagine que je dois faire la queue comme tout le monde. Je suis content de t'avoir vue, Jacinthe.

Et puis, il disparaît dans la foule somptueuse.

— Ce gars-là t'a fait tout un *sourire*, observe Lambert gaiement, en me faisant un gros clin d'œil.

Je laisse échapper un soupir.

— Ouais, mais maintenant il croit que je sors avec quelqu'un d'autre.

— Avec qui? demande Lambert, l'air déconcerté.

Je me contente de secouer la tête. Ce n'est pas le gars le plus intelligent... mais ses intentions sont bonnes.

— Allô!

Je passe la tête entre les rideaux de velours blanc. J'ai eu de la difficulté à me faufiler à travers le tourbillon de la fête. Mais je dois admettre que le thème « Festival hivernal » est très réussi. Des tables entourent la piste de danse et des ballons argent sont attachés aux chaises. Au centre de chaque table est disposé un énorme vase odorant plein de lis blancs et de roses. Des flocons blancs scintillants pendent du plafond et, toutes les dix minutes, de la neige artificielle tombe mollement sur la foule. Les serveurs tout de blanc vêtus circulent en portant des aliments blancs sur des plateaux d'argent. Je voulais tout regarder, mais comme j'ai promis à Fiona de lui donner un coup de main, me voilà.

— Il y a quelqu'un?

— Ah, te voilà, dit Fiona d'un ton sec. Allez, dépêche-toi de venir en arrière. Je ne veux pas que quelqu'un me voie, ajoute-t-elle en s'écartant du rideau tandis que je glisse de l'autre côté.

— Tu es très jolie, lui dis-je. J'adore tes boucles d'oreilles.

Fiona porte une robe blanche courte avec une ceinture-écharpe ornée d'un saphir. Au cou, comme à son habitude, elle a un pendentif en saphirs et diamants qui va à la perfection avec ses boucles d'oreilles. Fiona touche à son oreille.

— C'est un cadeau d'anniversaire, explique-t-elle. Évidemment, j'avais demandé un voyage de ski avec mes amies en roulant les yeux. Passons. O.K, je vais te montrer le tour, ajoute-t-elle.

Nous traversons la scène vide et Fiona m'entraîne dans les coulisses. C'est tellement sombre et lugubre que j'ai l'impression d'entrer dans le décor d'un film d'horreur.

— Est-ce ici que tu me lâches un sac de sable sur la

tête? dis-je à la blague.

— Seulement si tu rates mon tour de magie, répond Fiona sur un ton qui me fait douter qu'elle plaisante. Voici le tissu, explique-t-elle en prenant un grand morceau de velours sur une table. Tu peux le prendre, comme ça, et recouvrir la boîte, comme ça.

La boîte est haute, en forme de cabine téléphonique, mais plus étroite. D'un geste gracieux, Fiona lance l'étoffe de velours par-dessus la boîte de plastique transparent afin qu'elle pende également de chaque côté.

— Je vais grimper dedans par une trappe au fond et quand je serai prête, je vais donner de petits coups de l'intérieur.

Elle enlève le tissu d'un coup sec, entre dans la boîte et frappe sur un des côtés pour en faire la démonstration.

— Ensuite, tu enlèves le tissu, soulèves le couvercle et le tour est joué!

— Fafa bébé, dis-je.

Elle me lance un regard furieux. Je m'éclaircis la voix :

— Euh, je voulais dire, pas de problème.

— O.K., génial. Ça te dérangerait de mettre la boîte sur la scène? Il faut que je m'assure que mes autres robes sont prêtes.

— Tes autres robes?

— Je n'arrivais pas à choisir, lâche-t-elle.

Elle rejette ses cheveux par-dessus ses épaules.

— Alors j'en ai pris quatre. Je vais me changer après le tour, après le DJ et juste avant le gâteau, poursuit-elle.

— Vraiment!

— Je sais, dit-elle en souriant d'un air suffisant. Elles sont toutes blanches avec une bordure bleu saphir, mais elles sont complètement différentes – deux sont faites sur mesure. Je crois que le message sera clair.

— Tout à fait, dois-je convenir.

Ouais, le message c'est : j'ai plus d'argent que de cervelle.

— O.K.! lance Fiona d'un ton joyeux. Alors, à plus tard!

Elle se volatilise pour aller inspecter ses robes, alors que j'examine la boîte transparente.

Mais comment vais-je faire pour déplacer cette chose toute seule? La réponse est simple : c'est impossible. Il faut que je demande à Lambert de m'aider.

Je me bats avec le rideau pour trouver la sortie dans les plis. Il y a maintenant deux fois plus de bruit et la salle est bondée! *Comment faire pour trouver Lambert?* Sur la pointe des pieds, je scrute la foule.

— Salut Jacinthe!

Je ne reconnais pas Miko tout de suite. Ses cheveux sont gonflés à l'arrière et elle a mis une série de barrettes ornées de pierres brillantes de chaque côté de son toupet. Elle est ravissante dans sa robe argent structurée, très loin de son style habituel de planchiste chic.

— Tu es incroyable! dis-je avec enthousiasme.

— Hé! je peux me pomponner de temps à autre, répond Miko en haussant les épaules.

— Est-ce que tu as vu Lambert Simon quelque part? J'ai besoin de son aide.

— Non, je ne l'ai pas vu, dit Miko en se tournant pour

m'aider à scruter la foule. Mais ça fait seulement cinq minutes que je suis arrivée. Pourquoi as-tu besoin de lui?

Je désigne le rideau derrière moi.

— Il faut que je place une grosse boîte sur la scène.

— Je peux t'aider si tu veux, propose Miko.

— C'est vrai? Oh, merci!

— Ça sert à quoi les amis? répond-elle en souriant.

Nous nous précipitons dans les coulisses, puis enlevons nos chaussures à talons d'un coup de pied pour nous faciliter la tâche. En fait, j'arrive tout juste à marcher avec ces choses-là aux pieds. Puis nous déposons nos sacs à main près de nos chaussures et nous nous attaquons à la boîte.

— C'est… plus lourd… que… ça en a l'air, grogne Miko en tentant de déplacer la chose, tantôt en la poussant, tantôt en la soulevant, vers le centre de la scène.

— Encore… un… peu… plus loin, dis-je en haletant.

Nous la traînons jusqu'à sa place, puis restons à côté en respirant bruyamment.

— À quoi servira cette chose? demande Miko qui examine la boîte en remettant ses chaussures.

— C'est pour un tour de magie. Fiona va surprendre tout le monde en apparaissant à l'intérieur.

— Ce serait encore mieux si on pouvait la faire *disparaître*, marmonne Miko.

Comme si le fait de prononcer son nom l'avait attirée, Fiona choisit ce moment pour se montrer.

— Bien, tu l'as déplacée – ce sera à nous dans environ

cinq minutes. Oh, salut Miko. Je vois que tu as fini par comprendre ce qu'est une robe, lance-t-elle avec un sourire moqueur qui révèle des dents parfaitement blanchies.

Je sens Miko se raidir à côté de moi.

— Salut Fiona, dit-elle. Belle soirée. C'est super de voir des gens qui s'amusent autour de toi. Pour une fois.

Le sourire de Fiona s'efface et ses yeux bleus deviennent deux fentes menaçantes.

— Tes cheveux sont vraiment magnifiques. J'adore ce que tu as fait avec ces pierres, dit-elle en allongeant le bras pour effleurer une des barrettes du bout des doigts. Miko frémit en reculant d'un pas. Tu devrais me remercier d'avoir remédié à ce désastre qui t'arrivait à la taille, ajoute Fiona.

Puis elle tourne les talons et s'éloigne d'un air hautain.

Pendant un long, très long moment, aucune de nous deux ne dit un mot. Nous demeurons dans la semi-pénombre à écouter le gai murmure des conversations de l'autre côté du rideau, le tintement de la coutellerie sur la porcelaine, les rires. Mais tout cela semble totalement irréel. J'ai la tête qui tourne. Des pensées m'assaillent de toutes parts, virevoltant comme une nuée d'oiseaux affolés.

— C'était tes cheveux… c'était toi la fille dans l'histoire que tu m'as racontée – celle qui était amie avec Fiona. Elle a coupé tes cheveux.

Miko ne dit rien, mais je peux voir que des larmes lui montent aux yeux. Elle serre la mâchoire dans une lutte furieuse pour les empêcher de couler. Je murmure :

— Elle est tellement… *méchante.*

Miko laisse échapper un rire grinçant.

— Je sais, acquiesce-t-elle.

— Mais il n'y a jamais personne pour la remettre à sa place, fais-je remarquer.

Miko me jette un regard en biais.

— Ça ne sert à rien de s'en prendre à Fiona, dit-elle. Crois-moi.

Elle traverse le rideau, me laissant seule sur la scène. J'ai le sang qui bouillonne à l'intérieur comme si j'étais au-dessus d'un feu pour porter mon sang à ébullition. Ce n'est pas juste, me dis-je. Elle ne peut pas simplement s'en tirer comme ça!

Je suis certaine d'une chose. Je ne vais pas la laisser faire. Plus maintenant.

— Vous voulez vous amuser?

La foule rugit. Le maître de cérémonie – DJ Malaxeur – a cessé le mixage et réchauffe la foule de son poste derrière les tables tournantes.

— O.K. O.K.! dit-il d'une voix forte en découvrant une scintillante dent en or. Vous vous demandez tous où se trouve la vedette de la soirée? Non?

La foule hurle de plus belle, menaçant de faire trembler les murs. *Peut-être que ce n'est pas une bonne idée,* me dis-je, la gorge serrée. *Mais il est trop tard.*

— Sans plus vous faire attendre, place à la magie! lance-t-il. Applaudissez bien fort notre magicienne, Jacinthe Genêt, qui va la faire apparaître!

Le rideau s'ouvre et je m'avance sur la scène, le tissu de velours dans les mains. Je suis accueillie par un concert d'acclamations et éblouie par un projecteur. Je n'y vois presque plus. J'arrive à distinguer une masse sombre et mouvante de corps : tous les étudiants de secondaire I et II d'Argenteuil réunis. *Mon plan va fonctionner ou bien...* me dis-je en faisant un petit salut plutôt raide... *ce sera le désastre total...*

— Comme vous pouvez le constater, c'est une simple boîte de verre, très ordinaire, dis-je.

La foule se calme pendant que je secoue le tissu de velours pour le déplier.

— Je vais maintenant me servir de mes incroyables pouvoirs pour faire apparaître l'hôtesse de cette fête fabuleuse!

Des sifflements retentissent, je secoue l'étoffe deux fois pour ensuite la lancer par-dessus la boîte. Elle flotte légèrement puis tombe en place à la perfection.

J'agite les bras comme une folle et je m'écrie :

— Alazim boum boum! Poudre de Perlimpinpin!

Toc toc.

C'est mon signal.

Je retire l'étoffe d'un coup sec.

— Abracadabra! dis-je d'une voix retentissante.

— Ooooh! fait la foule à la vue de Fiona, puis les applaudissements fusent.

Quelqu'un siffle de manière assourdissante. Fiona me jette un coup d'œil, le sourire fendu jusqu'aux oreilles. Elle fait un geste vers la porte, je m'approche pour l'ouvrir. Je tire d'un coup sec. Encore une fois. Je tire plus fort, puis j'essaie de pousser. Rien à faire. La porte ne bouge pas.

— Elle est coincée, dis-je.

— Quoi?

La voix de Fiona est étouffée derrière le plastique épais. Elle pousse sur la porte, sans succès. Un murmure de confusion parcourt la foule tandis que Fiona martèle la paroi transparente avec ses poings en laissant échapper un cri furieux.

— Hé! lance une voix. Quelqu'un a finalement mis Fiona en cage!

La foule éclate de rire.

Une veine bleue palpite sur le front de Fiona; elle est rouge de colère. *Mon Dieu, j'espère qu'elle a assez d'oxygène là-dedans.*

Fiona me menace du doigt.

— Sors-moi de là, hurle-t-elle, ou je t'*étrangle!*

Elle a parlé assez fort pour que tout le monde l'entende, même à travers la boîte.

— Tu devrais peut-être la laisser là-dedans! lance une voix masculine.

Fiona le regarde, bouche bée.

— Dégage! ordonne-t-elle d'une voix perçante. C'est ma fête, c'est moi qui décide.

Quelques personnes pouffent de rire. Fiona a les yeux égarés, elle est folle de rage.

— Tous ceux qui rient doivent partir *tout de suite!*

Elle frappe sur le plastique pour donner plus de poids à sa déclaration.

La foule se met à huer et au bout d'un moment, quelques personnes à l'arrière entonnent :

— En cage! En cage! En cage!

Fiona me lance un regard tellement acide qu'il menace de percer un trou dans le plastique qui nous sépare. Je lui adresse un petit sourire. *Ne t'inquiète pas*, dis-je en remuant les lèvres silencieusement.

On dirait que sa tête est sur le point d'exploser. Son poing s'abat encore une fois sur le plastique robuste.

— Oooh, tu vas te blesser, dis-je d'une voix gaie. Attention!

Puis je me tourne vers la foule.

— Je crois que Fiona n'est pas tout à fait prête à se joindre à nous. Je vais donc la faire disparaître à nouveau!

La foule se met à pousser des hourras et à applaudir. Les invités ne semblent pas comprendre que Fiona est bel et bien coincée. Ils croient que c'est une mise en scène.

Si seulement je pouvais la faire disparaître pour de bon, me dis-je en faisant un signe à Fiona avec mes doigts avant de recouvrir la boîte de l'étoffe. Elle n'a pas vraiment le choix. Elle peut seulement sortir par la trappe du dessous.

J'attends jusqu'à ce que j'aie entendu la trappe se refermer avant d'enlever l'étoffe une autre fois. Quand la foule aperçoit la boîte vide, c'est le délire.

— Ja-cin-the! crie quelqu'un. Ja-cin-the! Ja-cin-the!

Bientôt voilà tout le monde qui scande : Ja-cin-the! Ja-cin-the! Ja-cin-the!

Je salue en m'inclinant sous les acclamations de la foule qui crie tellement fort que je sens une vibration dans ma poitrine.

Je n'arrive pas à cesser de sourire tandis que le rideau se referme et que DJ Malaxeur met la musique.

C'était... parfait, me dis-je.

Je prends un instant pour savourer mon triomphe avant de me diriger dans les coulisses. Fiona attend à l'arrière-scène, bras croisés sur la poitrine. Son visage n'a plus rien de joli, il est déformé par une affreuse grimace.

— Tu es finie, tu m'entends? gronde-t-elle. Ta vie à Argenteuil est officiellement *terminée*.

Je lui lance l'étoffe de velours.

— Quelle vie?

L'étonnement dans son visage est impayable. Ses lèvres s'ouvrent et se ferment, comme la mâchoire d'une marionnette. Mais elle n'arrive pas à parler.

Je parie que c'est la première fois qu'elle se fait clouer le bec, me dis-je en m'éloignant. Un petit sourire se dessine sur mes lèvres. *Je me demande combien de temps cela va durer.*

— Jacinthe, c'était génial! Un sketch super, vous m'avez fait tellement rire Fiona et toi.

— Incroyable, vous étiez tellement drôles! Jacinthe, c'est ça?

— Tu es tout un numéro. C'est toi qui as lancé un *Coke* sur Schmitt!

Avant le tour, j'ai eu peur que les gens me huent ou crient après moi lorsque je quitterais la scène. Au lieu de cela, mes camarades me donnent des tapes dans le dos, me parlent et rient de la déconfiture de Fiona – je veux dire du tour de magie – tandis que j'essaie de me frayer un chemin à travers la piste de danse.

— Salut, Jacinthe!

Une fille m'attrape par la main. Elle porte une robe vert émeraude et a des mèches assorties dans ses cheveux blonds. Il me semble l'avoir déjà rencontrée...

— Virginie Sinclair? dit-elle en se montrant du doigt. Tu te rappelles? C'est toi qui m'as dit où me procurer la teinture verte pour mes cheveux?

— Oh, salut!

C'est ça... la reine hyper branchée de secondaire II.

— Je voulais simplement te remercier, dit Virginie en passant un bras autour de mes épaules, comme si nous étions les meilleures amies du monde. Et aussi te dire que j'ai trouvé ton numéro avec Fiona tordant! Le scénario était tellement drôle : le fait qu'elle n'arrivait pas à sortir de la boîte, toi en magicienne idiote... Tout le monde a adoré!

— Ouiiiii, dis-je lentement, c'était l'idée de Fiona.

— Évidemment! On reconnaissait son sens de l'humour. Beau travail! As-tu déjà pensé à auditionner pour la comédie musicale de l'école?

— Bien, je...

— Penses-y, dit-elle d'un ton autoritaire en me donnant un petit coup directement sous la clavicule.

Avant que je puisse lui répondre que je vais y réfléchir, un garçon, genre beauté fatale, s'approche de Virginie et lui enlace la taille d'un geste décontracté.

— Jacinthe Genêt, tu es un génie, me dit-il, avant de se

176

diriger avec sa partenaire vers la piste de danse.

— Euh, merci!

Mais il a déjà le dos tourné et mes mots sont avalés par la musique que crachent des haut-parleurs dans chaque coin de la pièce.

Quelqu'un me tape sur l'épaule.

— Ça alors! s'exclame Miko quand je me retourne. Je peux voir à son sourire qu'elle sait qu'il n'était pas prévu que Fiona reste coincée dans sa boîte. C'était brillant.

— *Totalement* brillant, renchérit Kiwi, à ses côtés. Elles me font toutes les deux un grand sourire. J'imagine que je ne devrais pas être trop surprise de constater qu'elles sont amies.

— J'avais entendu dire que Fiona aimait les tours, dis-je, ce qui les fait crouler de rire.

— Comment as-tu fait? demande Miko.

Je sors un petit tube vert et blanc de mon sac à main.

— Je vous présente mon petit ami.

Kiwi me regarde en soulevant un sourcil.

— Pourquoi est-ce que tu as de la colle forte dans ton sac?

— Oh, au cas où mon talon se casse, ou un ongle, ou si jamais une des courroies de mon sac se brise... Honnêtement, c'est pour mille trucs.

— Tu veux dire mille et un trucs, corrige Miko.

Elle pousse un petit grognement qui ressemble à un rire étouffé. Mais quand elle se ressaisit, elle prend une expression sérieuse.

— Tu sais toutefois que ce tour était de la folie pure,

non? Fiona va te faire brûler en enfer, poursuit-elle.

— Bon, alors j'imagine que je ne dînerai pas avec la Ligue lundi.

— Tu peux te joindre à nous, propose Kiwi.

— Et tu peux manger tout ce qui te plaît, ajoute Miko. Même du saucisson de foie.

Je leur souris. Elles me sourient en retour.

— Génial. C'est d'accord.

Je me trouve à cinq mètres de la porte quand je me rends compte qu'il n'y a personne pour me raccompagner chez moi. Lambert est censé me ramener, mais il a disparu. Et pas question que je reste.

Super, me dis-je, *maintenant savourons le bonheur de ne pas posséder de cellulaire.*

À qui pourrais-je demander?

Sur la piste de danse bondée, j'aperçois Shanel. Les yeux fermés, elle danse sur une musique lente avec Lambert, une expression rêveuse sur le visage. *Eh bien, elle est vraiment plus grande que lui,* me dis-je en les regardant. Elle a une tête de plus que Lambert. Tandis qu'ils se balancent en tournant lentement, Lambert m'aperçoit par-dessus son épaule et lève le pouce. Je lève aussi le mien. Ils sont adorables ensemble.

Bon, je ne vais pas le leur demander. Je frémis en pensant au bon coup que j'ai réussi. Au moins, Shanel est contente. Et je persiste à croire que nous pourrions être amies... un de ces jours. C'est ce que j'espère.

— Ça va? demande une voix douce à côté de moi.

C'est Samuel. Il se penche un peu vers moi pour scruter mon visage.

— Tu as l'air… pensive.

En le voyant, je suis secouée d'un frisson. Et toujours ce vertige.

— Oui, je le suis, dois-je admettre.

Samuel désigne la piste de danse du menton.

— C'est… c'est parce que ton partenaire danse avec quelqu'un d'autre?

Ses yeux brun foncé sont remplis de compassion.

— Mon partenaire? Tu parles de Lambert? S'il te plaît!

Je roule les yeux.

— C'est mon partenaire de laboratoire, c'est tout.

— Oh, fait-il tandis que son regard s'illumine. Oh!

Pendant un moment nous restons plantés là, à nous sourire. J'ai l'impression… j'ai l'impression que je ne pourrai jamais m'arrêter, que c'est tout mon corps qui sourit maintenant. Et tout ce que je peux dire de Samuel, c'est… qu'il ressemble à ce que je ressens.

— Alors, dit-il au bout d'un moment, euh… tu veux danser?

Je sais que je devrais refuser. *Je devrais partir*, me dis-je. *Fiona veut que je parte…*

Mais… non mais, vais-je vraiment laisser passer l'occasion de danser avec Samuel à la plus grosse fête de l'année?

Hum, *pas question.*

— Samuel, ça me ferait plaisir.

Il glisse sa main toute tiède dans la mienne pour

m'entraîner vers la piste. La musique a changé et le rythme est maintenant marqué; DJ Malaxeur a mis du hip-hop génial et tout le monde sur la piste se laisse emporter. *C'est incroyable!* me dis-je tandis que des flocons de neige tombent du plafond en tourbillonnant. Tout à fait magique. Mais soudain, Samuel pivote et commence à s'agiter dans tous les sens. Son corps se contracte comme s'il avait été touché par une décharge électrique de dix mille volts.

— Ça va? dis-je d'une voix forte pour couvrir la musique.

— Qu'est-ce que tu veux dire? demande Samuel en faisant de grands gestes avec ses bras.

Et c'est alors que je comprends que Samuel est...

... eh bien, juste en train de *danser*.

Je ne trouve pas de façon élégante pour le décrire : le gars ressemble à un poisson en état de panique qui se débat furieusement pour trouver de l'air.

Fiona et Lucia sont postées sur le bord de la piste. Lucia a l'air de quelqu'un qui regarde un film d'horreur, et Fiona, de quelqu'un qui y joue un premier rôle. Comme si elle allait paniquer, se transformer en croque-mitaine et se jeter sur Samuel parce qu'il danse comme une autruche en flammes. Tout à coup, je me sens très embarrassée.

— Tu ne danses pas? demande Samuel en exécutant une pirouette désaxée. Quelque chose ne va pas?

Et puis, il me sourit. Le même sourire qui me fait fondre et fait vaciller mes jambes.

— Non, rien.

J'hésite un petit moment... et puis je me lance à mon

tour. Je sors mon meilleur mouvement, qui ne ressemble pas à grand-chose. Samuel pousse un cri.

— Tu es *fantastique*!

Au même moment, Kiwi et Miko se joignent à nous. Kiwi sautille en balançant ses bras au-dessus de sa tête. Miko a son propre style qui se résume à faire des mouvements gracieux des bras et à plier les genoux. Je suis pas mal certaine que nous avons tous l'air plutôt ridicules.

Mais ce n'est pas important. D'accord, je ne fais pas partie de la Ligue – mais j'ai battu Fiona sur son propre terrain. Tout le monde à l'école me connaît. En plus, je danse avec mes nouvelles amies et le gars le plus craquant au monde.

C'est tout simplement fabuleux.

prochainement

ACCIDENTELLEMENT CÉLÈBRE

de Lisa papademetriou

un autre livre
de la collection Rose bonbon